KB124868

#마이네임

옮긴이 고향옥

일본 나고야대학교에서 일본어와 일본 문화를 공부했다.
한일 아동문학연구회에서 어린이문학을 공부하면서
일본 어린이 청소년 문학책을 우리말로 옮기는 일을 하고 있다.
2016년에는《러브레터야, 부탁해》로 국제아동청소년도서협의회(IBBY)
번역 부문 아너리스트로 선정되었다.

#마이네임

구로카와 유코 · 고향옥 옮김

양철북

차례

#시작

4월 20일, 오후 5시 25분, 3.45킬로그램.

지바현 조시시, 바다와 양배추밭이 보이는 곤도 산부인과에서 반짝이는 아기가 태어났다. 바로 나다.

그 아기는 세상에 겨우 머리만 내밀고, 아직 몸의 절반이 엄마 배 속에 있는데도 뭐가 급한지 우렁차게 첫울음을 터뜨렸다고 한다. 그러니까, 내가 말이다.

엄마와 밖에서 기다리던 아빠는 그게 그렇게 기뻤는지 성미 급한 아이에게 딱 어울리는 이름을 지어 주었다.

밝은(明) 소리(音)라는 의미의 미온(明音).

'온 세상에 울려 퍼지는 밝디밝은 소리가 되어라!'

"그렇게 바라면서 아빠가 너한테 미온이라고 지어 줬어."

내가 어릴 때부터 엄마는 수도 없이 그렇게 말하면서

나를 꼭 안고 웃곤 했다. 아빠도 그 말을 들을 때마다 "그럼 그럼" 하고 고개를 끄덕였다.

초등학교 고학년이 되도록 딸에게 남편 자랑을 늘어놓던 엄마.

"미온, 너도 아빠 같은 사람이랑 결혼해. 엄만 아빠랑 결혼하고 성이 바뀌었을 때, 얼마나 감동했는지 구청 창구에서 울어 버렸잖아."

사카가미 미온, 열세 살. 툭하면 싸우려고 드는 게 옥에 티지만 그 덕분에 씩씩하게 자랐다고 생각한다.

그리고 내가 태어난 걸 누구보다 기뻐하고, 아름다운 바람을 담아 이름을 지어 주고, 귀하게 키워 준 우리 부모님은 바로 며칠 전에 이혼했다.

이유는 성격 차이란다.

부모님의 이혼으로 나 사카가미 미온은 올봄부터 도마쓰 미온이 되었다.

인생이란 한마디로, 와우!

#북 카페 테후테후

짝꿍 시미즈 유이토는 제 이름을 '닌자 99'라고 멋대로 소개했다. 중학교 입학식 다음 날, 수업 첫날 자기소개를 하면서.

"안녕하세요. 시미즈 유이토라고 하는 닌자 99입니다."

나는 곧바로 순서가 이상한 걸 눈치챘다. 백 번 양보해서 그 이상한 이름이 닉네임이라고 해도, 그렇게 말하니 닌자 99가 이름이고 시미즈 유이토가 닉네임처럼 들린다. 그것도 아흔아홉 번째 닌자라니.

시미즈 유이토는 얼마 전에 끝난 인기 드라마에서 천재적인 연기를 선보인 아역을 닮았다. 그럭저럭 키도 크고, 얼굴도 그만하면 봐 줄 만했기 때문에 쉬는 시간이 되자마자 남자애나 여자애나 할 것 없이 그 애 주위로 몰려들었다.

나는 조금 떨어진 자리에서 그 녀석을 뜯어보았다. 가까이서 구경하고 싶은 마음이야 당연히 있었지만, 자기를 닌자라고 소개하는 애치고 멀쩡한 녀석은 드물 것이다. 어려서부터 단짝인 이나무라 사에(彩瑛)도 앞자리의 의자를 돌려서 내 책상에 턱을 괴고 앉아 흥미롭다는 듯이 그쪽을 보고 있다.

우리 반은 스물세 명이다.

이번에 우리 모리노시타중학교—보통 모리중이라고 한다—에 올라온 입학생은 절반 이상이 근처 와타라이초등학교 졸업생이다. 대부분 아는 얼굴이다. 초등학교 6년 내내 같은 반이었던 오이카와 류세이를 중심으로 모인 소란스러운 패거리도, 몇 무리로 나뉜 여자애들도. 이 반에서 말을 해보지 않은 애는 거의 없다.

대부분 아는 얼굴들인 우리 반에 등장한 새로운 얼굴 시미즈 유이토. 아무래도 중학교에 입학하기 직전, 봄방학에 시즈오카에서 이곳 조시로 이사 온 모양이다.

얼마 전, 게임을 하다가 휴대폰 요금이 2만 엔이나 나와 집에서 쫓겨날 뻔했던 얼간이 오이카와 류세이가 실실 웃으면서 물었다.

"야 시미즈, 그 닌자 99가 뭐냐? 99는 좀 아니지 않냐."

그럼 닌자는 괜찮고? 다들 이렇게 생각했을 거다.

시미즈 유이토는 그 천재 아역을 닮은 얼굴로 씨익 웃

었다.

"아, SNS에서 쓰는 닉네임이야. 닌자가 하도 많아서 99밖에는 등록이 안 되잖아. 자기소개 때 말하면 좀 먹힐 것 같아서."

"인정. 내가 자기소개 때 '안녕하세요, 반갑습니다. 휠99라고 합니다'라고 하는 거나 마찬가지네."

이렇게 말해 폭소를 자아낸 건 역시 초등학교 때부터 알던 가쿠 유키토다.

휠99란 건 휠체어 바퀴를 말하는 거지!?

가쿠 유키토는 태어날 때부터 뇌성마비 장애를 갖고 있다. 손발은 늘 마비되어 있고, 몸이 자주 굳고 뒤틀린다. 말도 느린데다가, 말투는 한 마디 한 마디 칼로 자르는 듯이 독특하다.

늘 휠체어에 앉아 있고, 학교에서는 모리타 씨라는 분이 종일 돌봐 준다. 휠체어 크기에 딱 맞는 전용 책상을 쓰는데다, 학교 계단에는 휠체어 리프트가 있어서 큰 불편은 없어 보인다.

가쿠 유키토는 초등학생 때부터 그림 그리기를 좋아해서 굵은 붓을 대담하게 휘둘러 색감이 강렬한 그림을 곧잘 그린다. 머리 회전도 빠르다. 말이 좀 느리긴 해도 재미있는 말만 한다는 것을 모두 알기 때문에, 그 녀석이 입을 떼면 다들 잔뜩 기대에 차서 듣는다. 이른바 자학 개그도 꽤 하는 편이라, 솔직히 웃어도 되나 싶을 때도 있다.

화제는 작년쯤부터 초중학생들 사이에서 유행하기 시작한 SNS 앱, MINE.com으로 바뀌었다. 부모가 관리하기 쉽다면서 우리 엄마도 선뜻 허락한 앱이다. 아이콘은 귀여운 무지갯빛 앵무새 모양이다. 트위터나 인스타그램은 막아도 MINE.com은 괜찮다는 부모도 많은 것 같았다. 하지만 비밀계정이라고들 하는 제2의 계정을 만들 수 있다는 점이나, 계정을 잠글 수 있다는 사실은 대부분의 부모들이 모르는 것 같았다.

단짝인 사에도 물론 MINE.com 계정을 가지고 있다. 닉네임은 'SaeSae(사에사에) 0925'. 0925는 사에의 생일이다. 그리고 시미즈 유이토의 닌자 99도 MINE.com의 닉네임인 듯하다.

오이카와 류세이가 나를 흘끗 보고 말한다.

"참, 시즈오카에는 말이야, 사카가미네 할머니 차밭이 있지 않나? 나 초등학생 때, 여름방학 자유연구 주제로 녹차 만들기를 선택했거든. 시즈오카에서는 집집마다 마당에 차나무 같은 거 심나?"

저 얼간이 자식, 우리 할머니네 사정을 왜 여태껏 기억하고 굳이 여기서 떠벌리는 거야. 게다가 자유연구 주제까지.

교실 안에 어색한 침묵이 흘렀다.

맨 앞자리에 앉은 이구로 기코가 고개를 이쪽으로 돌리

고 뚫어지게 본다.

　이구로 기코는 아직 말을 섞지 못한 몇 안 되는 애들 중 하나다. 묵직해 보이는 검은 머리를 허리까지 늘어뜨리고, 늘 검은 옷만 입고 다녔기 때문에 초등학교 때 별명은 마녀 였다. 다른 사람 일에는 관심을 두지 않는 애다. 그런 이구로 기코마저도 나를 주목하고 있다.

　이유는 이거다. 지금 내 성이 사카가미가 아니라는 것, 그리고 그게 내 부모님의 이혼 때문이라는 사실을 오이카와 류세이를 포함해 반 애들 거의 모두가 알고 있다. 지난 봄방 학부터 나는 이미 엄마 성인 '도마쓰'를 쓰고 있다.

　엄마 아빠는 일부러 중학교 입학에 맞춰 초등학교 졸업 식이 끝난 직후에 이혼했다. 바뀐 성씨로 중학교 생활을 시 작할 수 있도록 타이밍을 맞춰 준 것이다. 하지만 이미 내가 '사카가미 미온'으로 초등학교 졸업장을 받았다는 걸 이 교 실에 있는 애들 절반은 알고 있다. 어른들은 널 위하니 어쩌 니 하면서 쓸데없는 일은 참 잘도 벌인다.

　소문은 삽시간에 퍼졌다. 서로를 속속들이 알고 있는 이 작은 마을에서 이혼한 부부는 흔치 않다. 아무리 웅크리고 숨어도 엄마나 나나 풍어를 알리는 바다의 만선기처럼 눈에 띄는 것은 어쩔 수 없다.

　창가 자리에 앉은 사에가 걱정스러운 눈길로 나를 보고 있다. 아빠와 엄마가 아직 사이좋았을 때부터 우리 집에 자주 놀러 왔던 사에. 혹 마음을 다치지나 않았을까 살피는 시선은 고맙지만, 다들 내 이름이 건들면 안 되는 것이라도 되는 양 조심하는 것은 조금 견디기 힘들다.

"시즈오카에는 집집마다 마당에 차밭이 있다는 말을 들으면 시즈오카 사람들이 화낼걸. 조시에는 집집마다 횟집 수조가 있다고 말하는 거나 같으니까."

평소처럼 장난으로 받아치는 나를 닌자 99가 빤히 바라본다. 마치 관찰하는 듯한 눈이다. 뭘 봐.

그날 종례 시간에 담임인 하치모리 헤이하치 선생님이 이상한 말을 꺼냈다. 우리 엄마와 같은 나이에, 도수 없는 안경을 쓴 그 남자 선생님은 기타 치는 것이 취미라고 학기 첫날에 조금 멋쩍은 듯이 말했다.

선생님이 칠판에 크게 썼다.

NIM 호칭 운동

NIM…?

"자자, 주목. 이 정도 영어는 초등학교에서 배웠을 테니 읽을 수 있지? 님으로 부르자는 운동이다!"

아, 너 님, 나 님의 그 님!

선생님은 졸린 듯한 얼굴로 말을 이었다.

"실은 교직원과 학부모회의, 그리고 운영위원회에서 회의를 했어요. 올해부터 학생들은 서로서로 성에 '님'을 붙여 부르게 될 거예요. 선생님이 학생을 부를 때도, 친구들끼리도, 남학생도 여학생도 마찬가지예요. 예를 들면, 이구로는 이구로 님, 가쿠는 가쿠 님, 이런 식으로."

교실이 술렁거린다. 친구들끼리도 님을 붙이라니, 그렇다면 얼간이 오이카와 류세이를 오이카와 님이라고 부르라고?

우웩!

곧바로 얼간이와 그 똘마니들이 히죽거리면서 입을 놀리기 시작했다. "가쿠 님!" 휠체어에 탄 가쿠 유키토도 큰 소리로 "예스, 스케 님"이라고 대답하면서 분위기는 더욱 달아올랐다. 헉, 만화 주인공 스케가 여기서 왜 나와? 관심거리라고는 고작 만화·게임·시시껄렁한 개그 3종 세트뿐인 패거리에게도 '님'을 붙이라고? 유치원 때부터 별명으로 불러온 애들도 있는데.

퍼뜩 생각나서 사에 쪽을 보았다. 사에도 나를 보고 있었다. 커다란 눈을 동그랗게 뜨고 껌뻑껌뻑한다.

제일 친한 사에한테도?

너무나 어색하고 이상하다. 이건 받아들일 수 없다. 우리 사이가 멀어지는 듯한 기분이다. 다른 애들도 어떡해야 좋을지 몰라서 일단 장난처럼 얼버무릴지도 모른다.

사에 뒤에 앉은 야마오 다다시가 "질문 있습니다" 하고 손을 들었다.

"선생님한테도 님을 붙여서 부릅니까? 헤이하치 님?"

헤이하치 선생님이 당황스러운지 눈을 껌뻑였다.

"선생님한테는 당연히 선생님이라고 불러야지."

"왜 저희만 이름에 님을 붙여 부르고, 선생님은 왜 선생님이라고 불러야 합니까? 불공평하지 않습니까?"

말투는 아주 정중했지만 이상하게 반항적이다. 어떻게 된 거지, 초등학교 때 모범생으로 통하던 야마오 다다시답지 않다. 같은 초등학교 출신이지만 학급 반장이었던 야마오 다다시 님하고는 거의 말을 해 본 적이 없다.

"아, 그건 학교 규칙이니까."

헤이하치 선생님이 억양 없이 대답했다.

본인도 딱히 생각하고 말하는 게 아닐 때 어른들은 억양 없이 말한다. 헤이하치 선생님은 특별히 아이들을 설득할 생각은 없는 모양이다. 아마 학교 운영위원회의 결정이라는 사실만 중요할 테니까.

헤이하치 선생님은 변명처럼 이렇게 덧붙였다.

"님을 붙여 부르면 좋은 점이 많아. 우리 조시시에서는 이미 여러 학교가 실시하고 있다. 그 결과, 어떤 학교에서는 거친 말을 쓰는 일이 줄어들고, 괴롭힘도 사라졌다고 한다. 상대방에 대한 존중을 보여 주는 첫걸음이라고 할 수 있지. 내일 도덕 시간에 다 같이 더 깊이 생각해 보자.”

그야말로 도덕 교과서에 뜬금없이 등장하는 아버지 캐릭터나 할 법한 말투로 설명하고 있다.

나는 작게 한숨을 쉬었다.

끔찍하다. 성이 바뀐 것도 짜증 나는데 거기다 ‘님’까지 붙여서 불리게 생겼다.

사에와 함께, 중학교에서의 첫 하굣길.

우리는 초등학교 때 곧잘 다녔던 국도변 대신 오이카와네 양배추밭 사잇길을 택했다. 여기 조시에는 파도가 두 개 있다. 하나는 바다의 파도, 다른 하나는 양배추 파도다. 녹황색과 갈색 줄무늬 카펫처럼 보이는 밭 안쪽 외길을 똑바로 걸었다. 바다가 있는 오른쪽에는 쪽빛 하늘에 새하얀 날개를 펼치고 돌아가는 풍력발전기가 보인다. 밭 안으로 4월의 바람이 훑고 지나간다. 날씨가 참 좋다. 흙길에 찍힌 발자국에서 풋풋한 양배추 냄새가 올라왔다.

걸으면서 되는 대로 중얼거렸다.

“헤이하치 님, 님님님 참 귀찮구나.

이상, 신입생 모두의 마음을 담아 짧게 시 한 수를 읊어 봤습니다."

사에가 재미있다는 듯이 쿡쿡 웃었다.

"에이, 그럼 안 되지. 하치모리 선생님이라고 해야지."

"우리 엄마도 그랬는데 뭐 '헤이 짱이 담임이야?'라고. 초등학교랑 중학교를 같이 나온 모양이더라."

우리는 뭐든 이렇게 별거 아닌 우스갯소리로 만들어서 웃어넘긴다. 사에도 나도, 어쩌면 얼간이도 그런 습관이 몸에 뱄을 거다.

우리 생각이 어떻든 선생님과 학부모, 거기다 운영위원회까지 가세해서 강요한다면 저항해 봤자 소용없을 거다.

우리 집과 사에네 집은 바다에서 자전거로 20분 정도 떨어진 주택가에 있다.

우리 엄마는 이혼하고 나서도 간장회사의 사무직 일을 계속하면서 아빠랑 셋이서 살던 집에서 나와 함께 살고 있다. 패밀리 레스토랑을 운영하는 사에네는 엄마와 아빠 모두 가나가와현 출신이라는 것 같고, 우리 집과 다르게 세련된 분위기다. 사에는 초등학교 때 해외여행도 여러 번 다녀왔다. 사에네 엄마가 K팝 팬인 모양인지 작년 여름에는 한국의 리조트에서 사 왔다는 기념품을 선물로 받았다.

나란히 걷던 사에가 내 귀에 손을 대고는 소곤소곤 속삭였다.

"미온. 뒤 좀 봐."

"어?"

돌아보니 20미터쯤 떨어져서 우리 뒤를 따라오는 키 큰 남자애가 있었다. 게다가, 시미즈 유이토다. 집이 우리들 집 근처인가?

나는 한쪽 팔을 들어 올리고 힘껏 흔들며 큰 소리로 외쳤다.

"야~, 시즈오카에서 온 닌자 99!"

시미즈 유이토는 놀랐는지 걸음을 딱 멈추더니 이내 빠른 걸음으로 쫓아왔다. 그러자 사에가 허둥댔다.

"야아, 미온. 왜 부르고 그래."

"선수 치는 게 필승이다, 그런 전략 몰라?"

"옛날 장수 같은 네 그런 멘탈은 알다가도 모르겠어. 아, 진짜 못 말려."

투덜거리는 사에 뺨이 조금 발그레했다. 혹시, 시미즈 유이토 같은 타입을 좋아하나. 세련된 봉긋한 머리에 머리띠를 하고 다니는 깜찍한 스타일의 사에. 아마 아직 좋아하는 사람은 없을 것이다.

시미즈 유이토는 큰 보폭으로 성큼성큼 걸어오더니 순식간에 우리 뒤에 와서 섰다. 교복 단추를 두 개나 풀어서 훤히 드러난 목덜미에 땀이 번들번들 빛났다. 까만 눈동자가 나를 내려다보고 묻는다.

"할 말 있어? 시즈오카에 할머니를 둔, 도마쓰 미온."

나는 발끈해서 되받아쳤다.

"따라온 게 누군데? 그리고 여기, 오이카와네 밭이거든."

"오이카와가 제 입으로 그러던데, 밭을 가로질러 가는 게 지름길이라고."

입학한 지 겨우 이틀밖에 안 됐는데 오이카와 류세이는 시미즈 유이토가 마음에 든 모양이다. 그 애는 옛날부터 친한 애한테만 밭을 가로질러 가도록 '허가'해 주고 있다.

하지만 왠지 짐작이 간다. 닌자 99는 지금껏 이 동네에 없었던 조금 튀는 타입이다.

사에가 "그만해" 하고 끼어들었다.

"시미즈… 아, 시미즈 님이지. 집이 이쪽 방향이지? 같이 가자."

"님은 안 붙여도 돼. 뭐, 원한다면 함께 가 주지."

시미즈 유이토는 같잖게 어깨를 으쓱하고는, 걸음을 뗀 나와 사에 뒤를 바짝 따라왔다.

밭을 가로질러 나오면 브로콜리 모양의 숲이 자그마한 신사를 둘러싸고 있다. 그 앞에 아주 허름한 2층짜리 쉼터가 있었는데.

"어?"

나와 사에가 동시에 소리쳤다.

쉼터가 있던 곳에 못 보던 카페가 생겼다. 새로 지은 건 아닌 것 같고, 아마 원래 있던 작은 건물을 리모델링한 모양이다. 쉼터로 쓰이던 허름한 농막이 멋들어진 통나무집으로 변신해 있었다.

그러고 보니, 한참 전에 오이카와 류세이 집 근처에서 무슨 공사를 한다는 소문을 들었다. 그게 여기였던 거다.

나무로 새로 만들어 단 간판에는 〈북 카페 테후테후〉라고 새겨져 있다. 문에 달린 유리창에는 작은 칠판이 매달려 있다. 거기에는 분필로 그린 머그잔 옆에 '오늘 오픈'이라고 쓰여 있었다.

문 옆에 문패 두 개('후쿠모토'와 '유즈키')가 걸려 있는 걸 보면 가게 2층에 누군가 살고 있는 것 같다.

통나무집의 삼각 지붕을 올려다보며 시미즈 유이토가 중얼거렸다.

"히야, 완전 안 어울린다."

인정. 역 주변이라면 몰라도 오이카와네 양배추밭 옆에 이렇게 세련된 카페라니. 부자연스럽다 못 해 다른 세계에 온 느낌마저 든다. 심지어 북 카페다. 고양이 카페에는 고양이가 있다, 그럼 북 카페에는 책이…? 왠지 기대가 된다.

"사에, 잠깐 들어가 보자. 왠지 재미있을 거 같지 않아?"

손을 잡아끌자 사에는 난감한 얼굴을 한다.

"집에 허락도 안 받았잖아. 돈도 별로 없고. 그냥 가자."

"괜찮아. 셋이 같이 들어가면 돼."

"셋이서 같이 들어가면 왜 괜찮은 건데?"

생각하기 전에 행동부터 하는 나를 행동하기 전에 먼저 생각하는 사에가 말리는, 평소와 다를 바 없는 모습이다.

그런데 오늘은 조금 달랐다. 아군이 생겼다. 떼쓰는 아이처럼 사에의 손을 막무가내로 잡아끄는 내 옆에서 시미즈 유이토가 눈을 번쩍였다.

"북 카페라는 데는 만화 같은 것도 읽을 수 있는 건가. 이번 주 〈점프〉 아직 못 읽었는데."

좋았어, 닌자! 이제 사에를 어떻게 구워삶을까 머리를 굴리고 있는데 두꺼운 나무 문이 열렸다. 딸랑, 풍경 소리가 울리고 안에서 한 여자가 불쑥 얼굴을 내밀었다. 어깨까지 내려오는 머리는 베이지색으로 염색했고, 커다란 눈이 부리부리하다. 환하게 웃는 동글동글한 얼굴에서는 어쩐지 멋스런 분위기가 풍긴다. 엄마보다 몇 살 아래로 보였다. 편해 보이는 티셔츠에, 큼직한 양배추 그림이 박힌 앞치마를 두르고 있다.

순간 굳어 버린 우리에게 여자가 말을 걸었다.

"거기서 그만 떠들고 들어오지 그래. 우리 가게의 두 번

째 손님이 돼 주겠니? 지금 들어오면 마살라 차이를 원가보다도 싸게 대접에 담아서 대접할게."

그 사람은 썰렁 개그를 하고는 마치 어린아이처럼 코를 찡긋거리며 웃었다.

가게 안에는 이제 막 대패질을 마친 나무 냄새와 이름 모를 향신료의 향이 진동했다. 크기는 네 평쯤 되는 내 방과 비슷했고, 조금 어두웠다. 각진 전등 네 개가 창고처럼 어수선한 가게 안을 구석구석 오렌지색으로 비추고 있다. 좁은 카운터에는 향신료와 커피콩을 담은 유리병이 주욱 늘어서 있다. 그리고 실내 한가운데에 보통 카페에서 흔히 볼 수 있는 2인용이나 4인용 테이블 대신 상판이 하나로 된 커다란 테이블이 있다. 하지만 놀라운 것은 따로 있었다.

테이블 좌우의 벽을 빼곡히 채운 책, 책, 책. 카운터 뒤의 벽에도 천장까지 닿는 붙박이 책장에 책이 빽빽이 꽂혀 있다. 책장 높은 곳에 있는 책을 꺼낼 수 있도록 나무 사다리도 걸려 있다.

과자의 집이 아니라 책이 살고 있는 집이다. 아니면 마녀의 도서관이거나.

수백 권, 아니 수천 권쯤 되려나?

책등을 주욱 훑어보다 눈길을 끄는 책들을 발견했다. 《으뜸 헤엄이》《100만 번 산 고양이》《엘머의 모험》《빨간 머리 앤》《마녀 배달부 키키》《정령의 수호자》. 〈쾌걸 조로리〉부터 〈여주인님은 초등학생!〉과 〈해리 포터〉 시리즈까지. 그림책, 두툼한 책, 문고에 도감까지 전부 어린이, 청소년 책이다. 대부분 읽지 않은 책이지만 제목을 들어 본 책도 있다.

독서가 취미인 사에가 반가운지 목소리를 높였다.

"와, 이거! 〈전천당〉 최신판이야!"

아스카 씨는 자기가 더 기쁘다는 듯이 "저거, 완전 재미있지" 하고 맞장구쳤다.

이름은 어떻게 알았냐고?

그건 '최강의 북 디자이너 아스카'라고 쓴 이름표를 목에 걸고 있었으니까.

"설마, 최강의 북 디자이너가 성은 아니죠?"

빈정거리는 투로 묻는 시미즈 유이토에게 아스카 씨가 설명해 줬다.

"북 디자이너란, 책 표지나 본문 디자인을 하는 사람이야. 나는 회사에서 독립해서 혼자 디자인 사무실을 하고 있으니까 프리랜서 디자이너인 셈이지."

"그럼, 최강은 없어도 되는 거 아니에요?"

득달같이 시미즈 유이토가 따지듯 묻는다. 아스카 씨가

입을 크게 벌리고 웃었다.

"아하하하. 내가 태권도 검은 띠거든. 그래서 최강의 북 디자이너야. 어때, 돌려차기 한번 보여 줘?"

초등학교 저학년 남자애 같은 말을 하면서 혼자 흥분한다. 아 됐어요, 하고 뒷걸음질치는 시미즈 유이토 쪽이 훨씬 어른스럽다.

'최강의 북 디자이너 아스카'는 바로 얼마 전에 도심에서 이쪽으로 이사 왔다고 한다. 도시로 나가는 경우는 많아도, 이런 경우는 흔치 않다.

"주로 어린이책을 작업해서 그런 것도 있지만, 난 어린이책과 바다를 무엇보다 좋아해. 오래전부터 사무실 겸 어린이책 북 카페를 바닷가 마을에서 여는 게 꿈이었거든. 어린이들이 책을 읽고 함께 이야기하면서 편히 쉴 수 있는, 집이나 학교가 아닌 제3의 공간."

"이 옆은 온통 양배추밭인데요?"

나는 작은 소리로 물었다. 참고로, 나에게 작은 목소리는 다른 사람에게는 중간 정도의 목소리라는 말을 곧잘 듣는다.

"그래, 옆이 온통 양배추밭인데도."

아스카 씨가 웃으면서 작게 자른 흰 메모지 세 장을 탁자 위에 놓았다.

"그럼 손님들, 각자 좋아하는 이름을 써 주세요."

그리고 매직펜을 내민다. 나는 고개를 갸웃거렸다.

"좋아하는 이름? 자기 이름이 아니고요?"

"자기 이름을 써도 돼. 다만 마음에 드는 이름을 써야 해. 이름만 써도 되고, 성만 쓰는 것도 좋고, 닉네임도 괜찮아. 정 마음에 드는 이름이 없거든 꿈에서 본 이름이든, 창작한 이름이든 뭐든 다 OK. 〈테후테후〉의 규칙 1, 여기서는 저마다 쓰고 싶은 이름을 쓸 것."

"와, 그거 좋은데요."

시미즈 유이토는 곧바로 큼직하게 '닌자 99'라고 썼다. 헉, 진심이냐?

사에는 잠깐 생각하더니 정성스런 글씨로 '이나무라 사에'라고 성과 이름을 모두 썼다.

자, 하고 사에가 건네준 매직펜을 받아 들고 나는 문득 움직임을 멈췄다. 쓰고 싶은 이름. 쓰고 싶은 이름….

나는 고민 끝에 알파벳으로 이렇게 썼다.

'SGM'

시미즈 유이토가 눈을 동그랗게 떴다.

"에스지엠이라고?"

"슈퍼 그레이트 미온의 약자야."

"센스 완전 꽝이네. 울트라 슈퍼 촌스럽거든."

잘난 체하며 홍 하고 코웃음 치는 시미즈 유이토에게 나는 "닌자 99가 할 말은 아니지" 하고 되받아쳤다. 그런 우리 둘을 아스카 씨가 "그만, 그만" 하고 타일렀다.

"규칙 2. 이름은 아주 소중하고 특별한 것. 절대 남의 이름을 비웃거나 놀리지 말 것."

사에는 의미심장한 눈초리로 내 얼굴을 흘끗 본다.

눈치챈 거야? 하긴, 당연히 눈치챘겠지.

사카가미(Sakagami)를 알파벳 두 글자로 SG. 그리고 미온의 M.

SGM.

여기에 엄마는 없다. 이 카페에 엄마가 올 일은 절대 없을 테니… 괜찮다.

미안하지만 나에게 '도마쓰'는 아직은 '차밭'일 뿐이다. 바다나 양배추만큼 좋아지려면 아직 멀었다.

도마쓰 미온이라는 이름의, 몸에 맞지 않는 옷을 입은 것 같다. 엄마에게는 절대 비밀이지만 말이다.

아스카 씨가 투명한 네임 홀더에 우리 이름이 적힌 종이를 넣어 건네주었다.

"자, 이걸 옷에 달겠니? 카운터에 있는 깡통에 넣어 둘 테니까 다음에 오면 직접 꺼내서 달고. 그리고 갈 때 다시 제자리에 넣어 둬. 이름표가 있으면 다른 친구에게 말 걸기도 쉽잖아."

봐 여기, 하고 카운터에서 깡통을 가져와 보여 준다.

깡통 안에는 매직펜으로 큼직하게 '비오'라고 쓴 이름표가 들어 있었다. 이런 가게에 벌써 손님이 다녀갔다고? 그런데 비오라니 참 이상한 이름도 다 있다.

그때, 삐삐삐 하고 타이머가 울리고 아스카 씨가 잽싸게 카운터로 뛰어갔다. 냄비에서 보글보글 물 끓는 소리와 딱하고 가스 불을 끄는 소리가 들리더니, 몇 가지 향신료가 섞인 듯한 미묘한 냄새가 카페 안에 퍼졌다.

아스카 씨가 노래하듯이 중얼거렸다.

"계피, 카다몬(생강과에 속하는 여러해살이풀로, 씨나 마른 열매는 향신료로 쓴다: 옮긴이), 정향을 북북 으깨서 펄펄 끓여. 물이 갈색이 되거든 불을 끄고, 아삼 찻잎을 넣어 줘야지. 그리고 2분 동안 우린 다음, 우유와 설탕을 넣고 휘휘 저으면 맛있는 마살라 차이 완성."

따뜻하게 데운 고소한 우유 냄새가 은은하게 퍼졌다. 잠시 후 탁자에는 '맛있는 차이'가 담긴 귀여운 컵이 세 개 놓였다. 아스카 씨가 눈을 반짝이며 권한다.

"마셔 봐."

컵을 들고 후후 불면서 셋이서 동시에 홀짝 한 모금씩 마셨다.

"맛없어요."

시미즈 유이토가 너무 솔직하게 말하고는 얼굴을 찡그렸다. 정말 무례한 애다. 나는 맛있다거나 맛없다거나 하지 않고 되도록 정확하게 표현했다.

"미스터 도넛의 시나몬 도넛하고 밀크티가 섞인 맛이 나요."

한 모금 더 마시고 나서 호호호 웃은 건 사에다.

"어른의 맛 같아요. 나는 좋은데?"

사에가 오히려 어른스러워, 나는 속으로 속삭였다.

아무튼 〈북 카페 테후테후〉는 서점도, 단순한 카페도 아니다. 놀라울 정도로 책이 많고, 주인이 마음 내키면 차이를 대접해 주는 북 디자인 사무실? 좀 길고 복잡한 이름이다.

사에가 흥미진진한 얼굴로 물었다.

"책이 몇 권 정도나 돼요?"

"글쎄. 여기에 있는 것만 아마 오륙백 권쯤 될걸."

아스카 씨는 천천히 고개를 갸우뚱했다. 세어 본 적이 없는 모양이다.

"내가 디자인 작업한 것도 몇 권 있어. 가게 영업시간에는 얼마든지 읽어도 돼. 다음에는 맹물이나 주스 정도밖에는 못 주겠지만, 오늘은 기왕 차이를 내렸으니 다른 날과는 차이 나는 날인 셈 치렴."

썰렁 개그를 자랑스럽다는 듯이 되풀이하는 아스카 씨를 무시하고 우리 셋은 저마다 서가에 꽂힌 책들을 눈으로 탐색하기 시작했다. "점프는 왜 없는 거야" 하고 시미즈 유이토가 툴툴거린다.

어슬렁거리며 빼곡히 꽂힌 책들의 책등을 훑어봤다. 사

에와 달리 나는 책 읽는 걸 그렇게 좋아하지 않는다. 사에가 책을 권해 주면 종종 엄마한테 사 달라고 해서 읽는 정도다. 요즘은 그마저도 읽지 않지만.

사에는 아까 관심을 보였던 〈전천당〉 시리즈 최신판을, 시미즈 유이토는 〈주니어 공상과학 독본〉 1권을 탁자에 가져와서 곧바로 읽기 시작했다. 와, 시미즈 유이토가 저런 책을 다 읽어? 만화만 보는 줄 알았더니.

아스카 씨는 카운터에 앉아 노트북을 들여다보고 있다. 장사할 생각이 있기는 한지 모르겠다.

딱히 읽고 싶은 책이 없네, 하고 생각했을 때 책 한 권이 눈에 들어왔다.

《어린 왕자》 생텍쥐페리.

두근거리는 가슴으로 하얀 책등을 물끄러미 보았다.

저 혼자 뛰는 마음을 억누르고, 최대한 조심스럽게, 하지만 무심한 손놀림으로 책장에서 책을 뽑아 들었다. 표지에는 아주 선명한 선으로 그린 가냘픈 남자아이가 있다. 분명이 애가 어린 왕자겠지. 책장을 넘기자 첫 페이지에 찌그러진 모자 같은 그림이 나타났다. 가장 가까이 있는 큰따옴표 안에는 이렇게 쓰여 있다.

"모자가 뭐가 무섭다는 거니?"

이게 뭐야.

풍경 소리가 요란하게 울리더니 손님 네 명이 우르르

들어왔다. 모두 낯익은 근처 할머니 군단이다(아줌마도 있다). 그중에 오이카와 류세이네 할머니도 있다. 밭일을 하고 온 듯한 오이카와네 할머니는 나와 사에를 알아보고 눈을 가늘게 떴다.

"야들아. 미온, 사에. 학교 끝나고 놀러 왔냐? 우리 류세이도 좀 델꼬 오지 그랬냐."

나도 사에도 가짜 미소를 지으며 인사했다. 얼간이 류세이를 데리고 오지 않은 건 억세게 운이 좋았다.

그렇다. 개업 첫날의 카페는 저 군단에게는 먹잇감이다. 사람이든 가게든, 새로운 것이라면 직접 확인해야만 직성이 풀리는 사람들이니까.

"아이고, 저거 좀 봐! 저 뽀얀 사내 녀석은 못 보던 얼굴이네그려."

모두 여덟 개의 눈이 뚫어져라 쳐다보자 천하의 얼굴 두꺼운 닌자도 부끄러운지 몸을 배배 꼰다. 어쩔 수 없는 신입의 통과의례다.

할머니들이 똑같이 커피를 주문하자 아스카 씨는 귀찮은 듯이 노트북을 닫았다. 역시 장사할 생각이 없는 거다. 할머니들은 이름표를 쓰는 규칙을 듣더니 눈이 동그래졌다.

틈을 보아 사에가 슬쩍 카운터에 말을 건넸다.

"저어, 차이값은요?"

"어린애는 공짜야."

아스카 씨는 큰 소리로 대답했다, 윙크와 함께. 오오, 하고 할머니 군단이 술렁거린다. 아, 내일부터 이곳이 탁아소가 된다 해도 내 알 바 아니다.

시미즈 유이토가 더는 못 견디겠다는 듯이 책을 책장에 꽂자, 그것을 신호로 우리 셋은 〈테후테후〉에서 나오기로 했다. 나는 할머니들에게 들리지 않도록 아스카 씨에게 말했다.

"죄송한데요, 이 책 빌려 가도 될까요? 내일 가져오겠습니다."

SMG는 남에게 뭔가를 부탁할 때는 평소답지 않게 공손해진다. 아스카 씨는 내 손을 향해 레이저빔 같은 시선을 쏘았다.

"《어린 왕자》? 왜?"

"집에서 느긋하게 다시 읽고 싶어서요."

"그래. 응, 좋아."

"네?"

선선한 OK에 부탁한 내가 되레 당황스러웠다. 북 카페이니 책은 〈테후테후〉의 중요한 자산일 텐데.

"왜? 집에서 혼자 느긋하게 읽고 싶다며?"

"그렇긴 한데…."

평소 말투로 돌아왔지만 웬일인지 말문이 막혔다.

"그러니까, 빌려 가도 된다고. 어쩌면 너한테 잡아먹힌

코끼리가 읽고 싶어 할지도 모르니까. 아하하하."

아스카 씨는 좀 전과 같이 어린애처럼 웃으면서 손가락으로 OK를 만들어 보였다. 언제까지 돌려 달라는 말도 없다. 나는 코끼리 같은 건 먹지 않는다. 참 이상한 어른이다!

〈테후테후〉 앞에서 사에가 "세이 쇼나곤한테 안부 전해 줘"라고 손을 흔드는 것을 보면서 집으로 돌아왔다. 전보다 마당이 넓어 보이는 건 차가 한 대 줄었기 때문이다. 작년까지만 해도 봄이 되면 엄마와 함께 해바라기를 심었던 꽃밭도 올해는 방치되어 있다.

"다녀왔습니다!"

현관에서 일단 인사를 한다. 엄마가 회사 갈 때 신는 단화가 있지만 대답은 없다.

아빠가 없는 집은 적막하다. 아빠가 이 집에 있을 때도 회사 일이 바쁜 아빠는 주말에나 겨우 얼굴을 볼 수 있었지만, 그때 조용했던 것과는 또 다르다. 그림책 속 아기 돼지 세 마리가 갑자기 두 마리가 된 것처럼 어색하다.

현관에 들어가면 곧바로 이어지는 계단에서 까만 털에 군데군데 하얀 점이 박힌 할머니 고양이가 탓, 탓, 탓 하고 내려왔다. 입에는 인간님의 양말을 물고 있다. 정확히 말하면 내 거다.

"다녀왔어, 세이 쇼나곤 님."

세이 쇼나곤은 내가 태어나기도 전에 주워 온 아기 고양이에게 엄마가 붙여 준 이름이다. 엄마는 옛날, 아직 고등학생이었을 때 《마쿠라노소시》(세이 쇼나곤이라는 여성 작가가 쓴 일본 고대 후기의 수필집: 옮긴이)를 무척 좋아했다고 한다. 밤처럼 까만 털에 하얀 털이 섞인 건, 점점 희어지는 어쩌고저쩌고(《마쿠라노소시》의 첫 구절 "봄은 새벽. 점점 희어지는 산 능선"을 말한다: 옮긴이)와 닮았다나 뭐라나. 아무튼 그런 엄청난 이름이기 때문에 우리 집 고양이 이름을 처음 듣는 사람들은 다들 화들짝 놀란다.

신발을 벗으면서 세이 쇼나곤의 입에서 고린내 나는 내 양말을 빼앗았다. 슬리퍼를 신고 한숨을 쉬면서 거실로 갔다. 복도에도 빨랫거리며 마트의 비닐봉지 따위가 널브러져 있다.

이제 쓰레기 집이 되어 가는 거다. 아마도 부엌에 있을 엄마에게 말을 건넸다.

"엄마, 집에 와서 세이 쇼나곤한테 밥 줬어?"

엄마와 딸이 닮았다고들 말하는 쌍꺼풀진 눈이 언제나 있는 그 자리에서 나를 올려다보았다.

"줬어. 통조림. 어서 와, 미온. 학교는 어땠니?"

"오늘은 닌자가 왔어" 하고 나는 대답한다.

요즘 엄마의 고정석은 식탁 밑이다.

엄마 아빠와 관련된 그리 오래지 않은 옛날에 있었던, 조금 웃긴 이야기를 하겠다.

엄마와 아빠는 서로 아는 친구에게 소개받고 사귄 지 두 달 만에 초고속으로 결혼했다고 한다. 하지만 이혼 조정인가 뭔가에는 반년이 걸렸다. 단순하게 계산하면 결혼보다 이혼하는 데 시간이 세 배나 더 걸린 셈이다.

나는 엄마와 살게 됐지만 주말에는 아빠도 만날 수 있다. 이혼 조정이 시작되자 아빠는 회사 근처에 집을 구했다. 나는 아빠 집에는 가 보지 않았다. 집에 아빠가 없으니 조금 허전하다, 하지만 어쩔 수 없다. 의외로 드라이아이스 같은 기분, 아니지, 드라이한 기분이다. 이제 중학생이니 방바닥에 큰대자로 드러누워 엉엉 울지는 않는다.

이혼의 또 다른 주인공인 엄마는 복잡한 이혼 절차를 거치면서 몸무게가 4킬로그램이나 줄었다. 탄수화물을 끊네 어쩌네 하면서 기를 쓰고 하던 다이어트보다 훨씬 효과가 좋네, 하는 말은 입 밖에 내지 않는다. 영원히 식탁 밑에서 나오지 않으면 골치 아프니까.

엄마는 이혼 조정 기간 중에 '가벼운 마음의 감기'에 걸리고 말았다.

회사에는 꼬박꼬박 나간다. 직장 상사와 의논하여 일주

일에 몇 번 조퇴를 허락받았다. 다만 집에 돌아오면 곧장 식탁 밑으로 들어가서 나오지 않는다, 담요와 커피를 가지고 들어가서. 꼭 껍질 속에 도로 들어간 병아리 같다. 그러고 있으면 마음이 엄청 안정된다나. 집안일이며 식사 준비도 거의 하지 않는다. 밥 먹고 화장실에 가고, 목욕하는 시간 말고는 거의 식탁 밑에서 보낸다. 어떤 때는 그대로 아침까지 자기도 한다.

"식탁 밑에 자기만의 피난처를 만들었나 보네" 하고 지난 주말에 만난 아빠가 말했다. 걱정이다, 하는 말도 덧붙였다.

나는 속으로만 말했다.

그럼 헤어지지 말던가.

그렇게 사이가 좋았는데, 혼인신고를 한 것만으로 기뻐서 울음을 터뜨릴 정도였는데 왜 싫어지고, 헤어지는 것일까. 아직도 걱정할 정도인데 왜 헤어지는 걸까.

엄마는 마흔네 살, 간장회사에서 알바를 하다가 계약직 사원으로 출세한 어엿한 사회인이다. 오래전, 《마쿠라노소시》를 엄청 좋아했던 문학소녀가 지금은 고양이 세이 쇼나곤을 안고, 식탁 밑에서 날이 밝기를 기다리다니. 인생이란 참, 와·우!

전기밥솥의 버튼을 눌러 놓고 책가방에서 그 책을 꺼냈다. 사자 우리에 손을 넣는 심정으로 식탁 밑으로 책을 넣어 주었다.

두 손으로 작게 손나팔을 만들어 말했다.

"《어린 왕자》 빌려 왔어. 엄마가 전에 엄청 좋아했다고 했잖아."

책을 받는 엄마의 넷째 손가락에 결혼반지 자국이 아직도 선명하다. 엄마는 옛날 생각이 나는지 한참이나 표지를 바라보더니 작은 소리로 말했다.

"좋아했지. 그런데 못 읽어. 지금은 글자가 하나도 눈에 안 들어와. 고마워."

각오는 했지만 역시 맥이 빠졌다. 어쩌면 예전처럼 기뻐할지도 몰라, 그런 생각이 마음속에 1밀리쯤 있었기 때문이다. 가드를 확실하게 올리지 않으면 마음을 다쳐서 나중에 울적해지는데. 기대 따위 하지 말아야 했는데.

나는 책을 가방에 도로 넣었다. 하긴, 나도 피곤할 때 국어 교과서를 억지로 읽으라고 하면 싫을 거다.

"엄마 들어 봐. 오늘 재미있는 일이 있었어."

밥이 되어 가는 동안 학교에서 있었던 일이며, 〈북 카페 테후테후〉 이야기를 주저리주저리 늘어놓았다. 시미즈 유이토 그러니까 닌자 99에 대해. 최강의 북 디자이너 아스카에 대해. 처음 마셔 본 차이가 시나몬 도넛 맛이었다는 것까지. 엄마는 호호호 웃기도 하고, 간혹 질문도 하면서 내 이야기를 듣고 있다. 이럴 때는 예전과 다름없는 엄마처럼 보인다.

갑자기 대화가 끊겼다. 불길한 예감에 사로잡힌다. 문득 엄마 목소리가 눅눅해졌다.

"엄마가, 나약해서 미안해. 미온."

나는 속으로 한숨짓는다.

엄마의 입버릇이 또 나왔다. 거의 날마다 듣는 말이다.

"엄마는 약하지 않아. 조금 지쳐서 그래."

이건 내 십팔번. 아주 조심스럽게, 천천히, 날마다 똑같은 대답을 한다.

아마도 엄마는 나한테 확인받고 싶을 뿐일 거다.

"하지만 이런 상태는 이상해. 밥도 제대로 못 하고….."

소금을 뿌린 민달팽이처럼 녹아 버릴 것 같은 엄마에게 허둥지둥 소리를 높였다.

"엄마는 잘하고 있대도 그래. 변호사가 권한 대로 병원도 다니잖아. 약도 꼬박꼬박 먹고 있고."

더구나 이제는 가끔 식탁 밑에서 나오기도 하잖아. 나는 마음속으로 그렇게 덧붙였다. 이 부근에는 신경정신과가 세 곳밖에 없기 때문에 엄마는 병원에 갈 때면 혹시 누군가의 눈에 띄기라도 할까 봐 아주 조심한다. 이 작은 마을에서 이혼한 것에 더해 신경정신과에 다니는 것까지 알려지면 더는 이곳에서 살 수 없다고, 엄마는 생각하는 것 같다.

엄마는 나에게 힘없이 웃어 보이고, 그러고 나서 갑자기 하얀 김이 오르기 시작한 밥솥으로 눈길을 돌렸다.

요즘 들어 엄마가 종종 나한테서 시선을 돌리곤 한다. 기분 탓일지도 모르고, 기분 탓이 아닐지도 모른다. 사람들은 나보고 엄마를 닮았다고 하지만 엄마는 내가 아빠를 닮았다고 한다. 아빠가 지어 준 이름. 아빠를 닮았다는 얼굴. 상관이 있을지도 모르고, 없을지도 모른다.

생각하지 말자. 출입 금지 구역이다.

엄마의 입버릇이 또 나오기 전에 서둘러 내 방으로 돌아왔다.

오늘은 등교 첫날이라 숙제는 없다. 초등학교에 입학하면서 쓰기 시작한, 온통 스티커 자국투성이인 책상에 앉아 빌려 온 책을 펼쳤다.

《어린 왕자》

책 읽는 걸 좋아하지는 않지만 삽화도 있고 그리 두껍지도 않으니 이 정도는 읽을 수 있을 것 같다.

첫 장을 넘긴 지 얼마 안 되어 키득키득 웃고 말았다.

모자처럼 보인 것은 모자가 아니고 코끼리를 통째로 삼킨 커다란 뱀이었다.

생텍쥐페리도 꽤 재미있는 사람이네. 아스카 씨가 코끼리가 읽고 싶어 할지도 모른다고 했던 이유가 이거였어. 뭐,

나는 코끼리를 먹지는 않았지만.

책장을 넘기면서 알게 된 것이 있다.

어린 왕자에게는 아무래도 이름이 없는 것 같다.

나는 책가방에서 휴대폰을 꺼내 MINE.com 앱을 열었다. 곧바로 사에게 메시지를 보냈다.

어린 왕자, 읽었어?

20초쯤 지나 답장이 왔다.

읽긴 했어.

과연, 독서광이다. 틱틱틱 메시지를 보낸다.

어린 왕자에게는 왜 이름이 없을까?

프랑스어로 된 이야기인데, 원래 제목은 Le Petit Prince, 어린 왕자님이라는 뜻이야.

나는 "우아!" 하고 진짜로 소리 내어 감탄했다. 어린 왕자도 이름이 없구나. 그냥 어린 왕자인 거다. 그나저나 사에가 멋져 보인다.

갑자기 입력 속도가 빨라졌다.

그런데, 왜 이름이 없어?

그러게, 잘은 모르겠지만… 이름을 지을 필요가 없어서? 내 생각일 뿐이야.

무슨 말이야?

웬일인지 답장이 오기까지 꽤 긴 시간이 걸렸다. 마실 거라도 가지러 간 건가.

드디어 온 답장은 이랬다.

어린 왕자는 이 세상에 단 하나뿐인 존재라서. 아주, 아주 특별한 존재라서.

사에의 메시지를 보자 답장을 보내려던 손가락이 딱 멈췄다.

단 하나뿐인 존재라서 이름이 필요 없다….

그럼, 이전 것과 지금 것까지 성을 두 개나 가지고 있고, 그것들 사이에 꽉 끼어 버린 나는 어떡하면 좋을까?

'왕자님, 조금 부럽네요.'

성만 문제인 게 아니다. 이름도 마찬가지다.

요즘 들어 가끔 내 이름에 대해 생각하기 때문이다.

'미온(明音).'

밝은 소리… 밝은 울림….

영원히 밝게 살렴, 이라고 말하는 목소리까지 들리는 것 같다. 이젠 둘이서 함께 말할 일도 없을, 엄마와 아빠의 목소리가. 이름을 불러 주는 사람이 없어지면, 이름을 지어 준 사람이 떠나 버리면, 이름의 의미까지 같이 사라지는 걸까.

내 이름이 지우개나 세숫비누처럼 닳아서 조금씩 줄어든다고? 그럼 차라리 아무렇게나 지었으면 좋을 텐데. 사카가미 노 가가미모치라든가(거울떡이라는 뜻으로 설에 신에게 바치는 둥근 모양의 떡: 옮긴이).

이름이 없는 어린 왕자는 어떻게 생각할까. 실은 이름이 없어서 쓸쓸해, 라고 생각할까. 어린 왕자라면 자기 고유의 이름으로 불리고 싶을까? 그 때문에 성가신 일이 생긴다 해도 역시 이름이 갖고 싶을까? 특별한 존재인 어린 왕자도 누군가가 이름을 불러 주면 기뻐할까?

'스스로 이름을 바꿀 수 있는 건가?'

문득 머리를 스친 생각에 얼른 고개를 휘휘 저었다.

그런 생각은 떠올리는 것만으로도 왠지 미안한 마음이다. 부모님이 어떻게 지어 주신 이름인데. 그리고 딱히 심각하게 고민한 것도 아니다. 그냥 한번 상상만 해 본 것뿐이다.

내일 봐, 하고 보낸 메시지를 사에가 읽은 것을 확인하고 채팅을 끝냈다. MINE.com 앱에는 검색창이 있다. 거기에 검색어를 입력하면 관련 뉴스와 공개된 메시지, 공개 토크룸, 다시 말해 대화방이 뜬다.

몇 초쯤 생각하고 나서 검색창에 써 봤다.

애매한 내 이름

'아니, 이름이 애매하다니, 뭔 말이야.'

스스로 생각해도 어이가 없어서 웃음이 나왔다. 몇 초후, 휴대폰 화면에 검색 결과가 줄줄이 떠올랐다.

우리 집 고양이 이름을 엄마가 바둑이라고 지으려고 하는데, 애매함?

게시글, 댓글 이름 호명 금지, 애매할 때는~~

애매모호함이 창의성을 낳는다. 꿈처럼…. 문득 사물의 이름을 바꿔 보면 어떨까….

흐음, 고양이 이름을 바둑이라고 하면 지나가던 개도 화들짝 놀라겠지만 그래도 세이 쇼나곤보다는 낫네. 대충 훑어보고 원하는 글이 없는 것 같네, 하고 앱을 닫으려는데 한 대화방이 눈에 들어왔다.

자기 **이름**이 싫은 사람 모여라

조덴민(銚電民, 조시에 사는 사람)·중학생으로 대상 제한

#my name #마이 네임

조덴은 조시의 상징인 조시전철의 약자다.

비밀번호가 걸려 있지 않아서 누구나 들어갈 수 있는 열린 대화방이다. 검색에 잘 걸리거나, 공통의 화제로 띄우기 위한 해시태그가 붙어 있다. 그 뒤에는 영어와 우리말이 나란히 쓰여 있다. my name. 내 이름.

가슴을 두근거리면서 대화방을 터치했다.

지금은 아무도 없다.

대화방의 방장은 맹주 비오.

비오라니, 특이한 이름이네. MINE.com의 화면에 뜨는 것은 가입할 때 입력하는 본명이 아니라 닉네임이다. 그런데 맹주는 무슨 뜻이지? 바로 검색해 봤다. 맹주. "동맹의 주재자. 무리 중에서 중심이 되는 인물이나 나라". 여기서는 아마

나라라는 의미로 쓰지는 않았을 거다.

그런데 비오라는 이름, 왠지 어디선가 본 것 같은데….

한참 생각하던 나는 앗, 하고 소리쳤다.

아스카 씨네 〈북 카페 테후테후〉에서 본 거 아냐?

카운터에 있는 깡통에 달랑 들어 있던 이름표. 매직펜으로 쓰여 있던 이름이 분명 비오였다. 〈테후테후〉에 간 걸 보면 근처에 살고 있다는 거다. 어쩌면 우리 학교 학생일지도 모른다. 심지어 아는 사람일 가능성도 있다.

비오가 몇 살인지, 남자인지 여자인지도 모른다. 하지만 그런 건 어떻든 상관없다.

나는 비오와 이야기해 보고 싶었다.

MINE.com 홈 화면의 설정으로 들어가서 닉네임 변경 탭으로 이동했다. 화면에는 초등학생 때부터 써 온 내 닉네임이 표시되어 있다. 그게 소이소스 1호인 것은 단순히 엄마가 간장회사에서 일하기 때문이었다.

넉넉히 3분은 망설이고 나서 닉네임을 바꾸었다.

SGM

그리고 이번에는 망설임 없이 대화방 참여를 터치했다.

대화방에 들어온 인원이 둘이 되면서 내 닉네임이 표시되었다.

SGM이 대화에 참여했습니다

바로 메시지를 보냈다.

안녕하세요. 자기 이름이 싫은 비오, 당신은 누구신가요?

그때, 뚜루루루 하는 음악이 울렸다. 전기밥솥에서 밥이
다 되면 나오는 알림음이다. 나쁜 짓을 하다가 들킨 것처럼
나도 모르게 어깨가 흠칫 올라갔다.

럭비공 같은 것이 갈비뼈 안쪽을 튕기며 휘젓고 다니는
기분이다. 그만큼이나 짜릿했다.

읽음 표시가 뜨는 걸 보지 못하고 나는 MINE.com을 종
료했다.

오늘 반찬은 계란말이와 비엔나소시지 그리고 된장국
이면 된다. 부엌으로 가기 전에 먼지나 지저분한 것이 묻지
않도록 정성스레 《어린 왕자》의 상태를 확인하고 덮었다. 혹
시나 청소도 안 하고 사는 집이란 걸 들킬까 봐서.

#어린 왕자 동맹

아침을 먹고 확인해 봐도, 학교에서 급식 시간이 돼도, 비오에게 보낸 메시지에 도무지 읽음 표시가 뜨지 않았다.

'님 호칭' 운동은 시작됐지만 우리 반에서는 아직 '님'을 붙여 부르는 애는 없는 것 같다. 헤이하치 선생님은 수시로 주의를 주었지만, 친구에게 하루아침에 '＊＊ 님'이라고 부르는 건 몸이 오그라들 정도로 어색한 일이다.

모둠끼리 둘러앉아 급식을 먹은 뒤, 나는 사에의 책상으로 가서 휴대폰 화면에 깔린 MINE.com의 앵무새 아이콘을 터치했다. 우리 학교는 수업 중에만 쓰지 않는다면 휴대폰을 쓸 수 있다. 그 대화방을 열어 "이거 좀 봐" 하고 사에에게 보여 주었다. 마침 샤프에 심을 넣고 있던 사에는 휴대폰을 흘끗 들여다보더니 의심 가득한 얼굴로 고개를 갸웃거렸다.

"미온, 어쩌자고 이런 대화방에 들어간 거야?"

설마 이름이 싫어진 거야? 사에의 마음속 소리가 들리는 것 같아서 뜨끔했다. 아무리 둘도 없는 친구라도 속에 있는 말을 다 할 수 있는 건 아니다. 엄마가 식탁 밑에서 나오지 않는다는 것을 사에에게는 말하지 못했다.

최대한 변명처럼 들리지 않도록 조심하며 말했다.

"대화방 방장 닉네임 좀 봐."

"닉네임이 맹주 비오?"

"어디선가 본 것 같지 않아?"

"그러게."

고개를 갸웃거리던 사에가 커다란 눈을 동그랗게 떴다. 생각난 모양이다. 우리는 짝 하고 하이 파이브를 했다.

"아! 이거 어제 북 카페에 있던 이름표….."

"맞아 맞아. 그 비오?"

"우아, 그렇다면 엄청난 우연이잖아."

나는 몇 번이나 고개를 끄덕이고는 어제부터 해 온 추리를 들려주었다.

비오는 이 마을에 있다. 우리들 아주 가까이에.

〈북 카페 테후테후〉가 문을 연 첫날, 가게의 첫 손님이었던 인물. 〈테후테후〉는 개업 전단지 같은 것도 돌리지 않았다. 만약 그런 것이 있었다면 나와 사에가 모를 리 없다.

하굣길에 〈테후테후〉에 불쑥 들를 수 있는 거리에 있는 중학교는 우리 모리중과 시내 쪽에 있는 와카미야중학교뿐이다.

사에와 나는 교실을 스윽 둘러봤다. 우리 모리노시타중학교는 1학년이 두 학급, 학생 수는 총 마흔다섯 명. 우리 1반은 스물세 명이다. 지금 여자애들은 대개 서너 명씩 그룹으로 모여 있다. 남자 절반은 얼간이 류세이가 주축이 되어 종이를 꾹꾹 뭉쳐서 만든 공으로 캐치볼을 하고 있다. 꼭 유치원생들 같다. 물론 그런 야단법석에 합류하지 않고 조용히 책을 읽는 남자애도 있다. 예를 들면 창가 자리에서 두툼한 책을 펼치고 있는 야마오 다다시 같은 애. 야마오 다다시?

나는 목소리를 낮춰 사에에게 귓속말을 했다.

"사에, 야마오 다다시가 수상하지 않아? '님 호칭' 운동에 불만을 드러냈잖아. 그리고 책도 꽤 좋아하고. 어쩌면 〈테후테후〉에 맨 먼저 갔을지도 몰라."

"그게 어떻게 그렇게 연결돼?!"

"생각해 봐, 야마오 다다시네 형, 중3이잖아?"

"전혀 상관없는 것 같은데. 야마오 패밀리는 끌어들이지 마."

사에가 어깨를 흔들어 대며 웃었다. 사에와 야마오 다다시는 독서 친구이다. 시선을 느꼈는지, 야마오 다다시가 안경 쓴 눈으로 우리를 보았다. 사에는 마침내 와하하하 하고 웃음을 터뜨렸다. 나도 덩달아 푸하하하 하고 웃었다.

"그럼, 이구로 기코는? 항상 뭔가를 읽고 있잖아."

변함없이 맨 앞자리에서 시집을 읽고 있는 이구로 기코의 뒤통수를 보았다. 지금은 무슨 책을 읽고 있는지 알 수 없지만 이구로 기코는 대개 시집을 읽는다.

사에는 웃다가 눈가에 맺힌 눈물을 훔쳤다.

"눈에 보이는 것만으로 사람을 단정 짓는 건 좋지 않아. 아무리 그래도 우리 반에는 없다고 봐. 〈테후테후〉가 우리 학교랑 가장 가까운 건 맞아. 하지만 비오가 우리 학교 학생이 아닐 수도 있잖아."

"그렇긴 한데…."

칫, 내가 보기엔 수상한데. 입을 삐죽이는 나를 두고 사에는 "화장실 좀" 하고 자리를 떴다. 사에는 화장실에 가는 모습도 우아하다.

"야, SGM."

얼간이 그룹에서 캐치볼을 하던 시미즈 유이토가 갑자기 내 책상에 손을 짚고 얼굴을 들이밀었다.

그 이름을 불렀어!?

우아, 설마 했는데 진짜로 부르네!

천재 아역을 닮은 녀석의 이마에 땀방울이 맺혀 있다. 어째서 교실에서 하는 캐치볼 따위에 땀을 흘릴 정도로 열을 내는 거지? 아니지, 애초에 교실에서 캐치볼은 왜 하는 건데? 남자는 수수께끼… 아니 시미즈 유이토가 수수께끼인가.

나는 어디 해 보자는 생각으로, 시즈오카 출신의 이 우라질 녀석의 얼굴을 째려보았다.

"무슨 용건이신지요?"

"오, 그렇게 공손하게 말하니까 얼마나 좋아! 야, 오늘도 집에 가는 길에 거기 들르지 않을래?"

오백 마디쯤 되받아쳐 주려다 금세 생각을 바꿨다. 시미즈 유이토가 소리 내지 않고 입 모양으로만 테후테후, 라고 한 게 의외로 마음에 들어서.

"그렇잖아도 갈 생각이야. 왜? 〈점프〉도 없는데?"

"뭐 어때. 거기 마음에 들었어. 〈점프〉는 없지만….."

시선을 돌리며 애매한 태도로 우물거린다. 말도 분명하지 않고, 같이 가자고 하는 것치고는 그렇게까지 가고 싶은 것 같지도 않다.

나는 시미즈 유이토의 얼굴을 말똥말똥 바라보았다. 녀석의 얼굴을 제대로 본 것은 아마 처음일 거다.

만난 지 겨우 이틀밖에 안 됐지만 녀석이 이러는 이유를 알 것 같다.

'닌자 99는 집에 가기 싫은 게 분명해.'

시미즈 유이토는 기회만 생기면 〈테후테후〉에서 시간을 보낼 생각인 거다. 그걸 알아챈 것은 나도 비슷한 마음이기 때문이다.

오늘은 목요일이니까 엄마는 다른 날보다 빨리 퇴근한

다. 그러니까 곧장 집에 가면 엄마가 와 있을 가능성이 있다. 아니 뭐, 엄마가 집에 있다고 뭐가 어떻다는 건 아니지만.

시미즈 유이토도 나와 같은 상황일지도 모른다. 이유도 모르고, 물어볼 생각도 없지만, 나에게는 다행히 돌려줘야 할《어린 왕자》가 가방 안에 들어 있다.

좋아, 하고 대답을 하려는데 때마침 화장실에 갔던 사에 가 돌아왔다.

아까까지 자신이 앉아 있던 자리에 있는 시미즈 유이토 를 보고 얼굴을 붉힌다. 이건 역시, 그거다. 닌자를 보는 눈 이 남다르다.

소녀 만화에나 나올 법한 자세로 머뭇머뭇하는 사에를 흘끔 보고는 다시 MINE.com의 화면으로 눈을 돌렸다. 어제 가입한 비오의 대화방을 확인하고 나는 오오, 하고 환호성을 질렀다.

사람이 늘었어!

방장인 비오와 나뿐이었던 대화방 안에 새로 입장한 멤 버가 있다. 닉네임이 하나 더 표시되어 있었다.

Chaeyong

어떻게 읽는 거지?

옆에서 휴대폰을 들여다보던 사에가 아주 작은 소리로 중얼거리듯 말했다.

"채영, 이라고 읽을걸."

"채, 영."

채영. 입속으로 몇 번 혀를 굴려 본다. 특이한 울림이다.

"아마 한국 이름일 거야. 그 왜, 한국 아이돌 중에도 같은 이름이 있잖아."

"그럼, 아이돌이 입장했다고?"

"그건 아니겠지. K팝 좋아하는 애가 이름을 빌려 썼을 거야."

사에가 호호호 웃었다. 아, 그럴 수도 있겠다.

"사에, 너도 여기 들어와 볼래?"

"나는 안 들어갈래."

"그래."

"근데 재미있을 것 같아. 가끔 들어가 보고 싶은데, 그래도 돼?"

"당연하지."

나는 둘도 없는 이 친구에게 생긋 웃어 보였다.

시미즈 유이토가 세상에 재미있는 게 하나도 없다는 듯한 얼굴로 끼어들었다.

"너희들 무슨 이야기 하냐?"

"MINE.com의 대화방 이야기."

나는 재빨리 대답하고는 내 휴대폰 화면을 시미즈 유이토에게 들이밀었다. 자기 이름을 싫어하는 사람들이 모이는 대화방이 있다는 것, 대화방 방장인 맹주 비오가 〈테후테후〉

의 깡통에 들어 있던 이름표의 주인일지도 모른다는 것을 짧게 간추려 들려주었다.

"나도 들어갈래, 그 대화방."

"뭐어?"

"왜 그렇게 놀라고 그래?"

우리가 놀라서 멍하니 있는 사이, 시미즈 유이토는 잽싸게 자기 자리로 가더니 가방에서 휴대폰을 꺼내 왔다. 방금까지 세상 따분한 표정을 짓던 그 녀석이 맞나 싶다.

시미즈 유이토도 '님 호칭' 운동 반대파에, 자기 이름이 마음에 안 드나?

"쉬는 시간 5분밖에 남았어" 하고 사에가 말했다.

"많이 남았네."

시미즈 유이토는 익숙한 손놀림으로 MINE.com의 검색창에서 맹주 비오의 대화방을 찾아냈다. 때롱, 하는 알림음과 동시에 내 휴대폰 화면에 MINE.com에서 온 알림이 표시되었다. 참여 중인 대화방에 새 멤버가 들어왔습니다 능숙한 솜씨로, 초고속으로 닌자 99가 입장했다.

새 멤버는 시미즈 유이토만이 아니었다. 휴대폰 화면에서는 생각지도 못한 일이 일어나고 있었다.

대화방 왼쪽 위에 표시된, 대화에 참여한 인원수가 실시간으로 늘어났다. 5… 7… 10명을 넘었다… 15, 16명? 어느 유령 계정에서 확산되기라도 한 것일까. 우리 셋이서 마른 침을 삼키며 지켜보고 있는데 대화방의 규모가 순식간에 불어났다.

"대박!"

나도 모르게 괴상한 목소리로 소리쳤다. 슬슬 자기 자리로 돌아가던 애들이 "왜 저래?" 하면서 의아한 듯이 이쪽을 보았다.

나는 사에, 시미즈 유이토와 셋이서 얼굴을 마주 보았다.

스무 명. 대화방 입장 자격을 조텐민으로 제한했는데도 자신의 이름을 싫어하는 아이가 스무 명이나 된다고?

이쯤 되면 엄청난 사건 아냐?

심호흡을 하면서 대화방에 참여한 멤버들의 닉네임을 하나하나 살펴봤다.

톳토코햄지로, 이과지망폰타, ichigo-choco 89에 의미없는 애, 배리어무효화군에 닉네임도 제각각, 프로필 이미지도 애니메이션 스타일부터 꽃 사진까지 그야말로 제각각이어서 재미있다. 얼굴도 본명도 모르는 아이들이 이 순간, 같은 대화방을 보고 있다고 생각하니 가슴이 뛰었다.

대화창에는 대화 상대가 입력 중이라는 의미의 연필 모양 아이콘이 나타났다. 마치 눈앞에서 마법을 지켜보는 것처럼 가슴 졸이면서 어서 메시지가 뜨기를 기다렸다. 때롱, 알림음이 울렸다. 대화방 방장을 의미하는 물빛 말풍선이 까만 배경에 퍼져 간다.

맹주 비오가 보낸 첫 메시지였다.

양배추밭 고양이들에게 알림

고양이는 아주 특별한 이름이 필요해
좀 더 품위 있는 자신만의 이름이
자부심을 가지기 위해
얼굴을 들고 살아가기 위해

최고의 이름은 아직도 숨겨져 있다.

나도 모르게 입을 떡 벌리고 말았다. 나는 반쯤 넋이 나
간 상태로 눈앞의 글자들에 빠져 있었다.

등에서 번쩍번쩍 뛰어다니던 작은 번개가 정수리로 올
라가 무지갯빛 폭죽이 되어 팡팡 터지는 기분이었다.

국어 점수는 '좀 더 열심히' 수준을 벗어나 본 적이 없
고, 시 같은 것은 아예 모른다. 하지만 맹주 비오의 말에서는
아주 특별한 느낌을 받았다.

비오는 대체 누구일까? 어떤 얼굴을 하고 이 시를 입력
했을까? 양배추밭이라는 말에서도 나와 가까이 있는 게 느
껴졌다.

나는 왠지 붕붕 떠 있는 기분으로 고개를 갸웃거렸다.

"사에. 나 있지, 맹주 비오에 대해서 더 알고 싶어. 비오를 한번 만나 보고 싶어. 고양이는 독특한 이름을 원한대. 혹시, 우리 세이 쇼나곤 이야기가 아닐까?"

시미즈 유이토가 어리둥절한 얼굴로 물었다.

"세이 쇼나곤? 세이 쇼나곤이 뭐?"

"우리 고양이 이름. 스무 살이야."

"너무 오래 산 거 아냐? 할배 고양이네."

"세이 쇼나곤이니까 암고양이잖아!"

"너희 둘, 지금 대화를 하는 게 아니라 서로 자기 할 말만 하고 있어."

사에가 어이없다는 듯이 중얼거렸다. 그 말이 신호라도 된 것처럼 점심시간이 끝났다고 알리는 종이 울렸다.

교실 출입문 쪽에 있는 자기 자리로 돌아간 시미즈 유이토가 손으로 작게 손나팔을 만들어 나를 향해 큰 소리로 말했다.

"야! 맹주에 대해 알고 싶으면, 최강의 북 디자이너에게 물어보면 되는 거지?"

맹주? 최강의 북 디자이너? 그게 뭐야 하는 눈빛으로 교실 안의 아이들이 모두 나를 돌아본다. 하지만 내가 시미즈 유이토의 말을 이해했을 거라고 생각하면 큰 오산이다.

시미즈 유이토가 또 콧방귀를 뀌었다.

"왜 물총을 쏘기 전의 커비(어느 날 드림랜드에 떨어진 커비의 이야기를 그린 애니메이션: 옮긴이) 같은 얼굴을 하고 그러냐. 비오의 정체 말이야, 비오의 정체. 첫 손님에, 더구나 이름표까지 남겼으니까 아스카 씨는 정체를 알고 있을 거 아니냐고.”

아, 그렇지. 그런 말이었어? 물총 쏘기 전의 뭐라고?

저 닌자 녀석, 의외로 머리가 좋은데, 하고 감동하는 나를 가까운 자리에 앉은 사에가 미지근한 눈으로 보고 있다. 나는 다 알고 있었어, 하는 듯이 미소를 지으며. 칫, 내가 둔해서 미안하게 됐네요.

종례가 끝나자 인사도 하는 둥 마는 둥 하고 우리 셋은 교실을 나와 〈북 카페 테후테후〉로 향했다. 사에와 시미즈 유이토와 나는 이미 삼총사가 되어 있었다.

“참, 사에 넌 동아리 어쩔 거야?”

“아직 생각 안 해 봤는데. 한다면 문화 쪽으로, 취주악부 같은 데가 좋을 거 같기도 하고. 미온 넌?”

“으음.”

내가 꺼낸 이야기이지만 나도 전혀 생각해 보지 않았다. 저녁 준비 때문에 아마 동아리는 어려울 거다.

“닌자는 어쩔 거냐?”

얼렁뚱땅 넘길 생각으로 물었더니 시미즈 유이토는 잠자코 어깨를 움츠린다. 별로 관심 없는 모양이다.

우리는 말없이 오이카와 류세이네 양배추밭을 총총히 빠져나갔다. 카펫 같은 밭에 작은 변화가 있었다. 소리 소문 없이 양배추를 수확했는지 갈색으로 드러난 땅이 넓어져 있다. 아무래도 우리가 학교에 간 사이, 오이카와네 할머니 군단이 바지런히 거둔 모양이다.

문 앞 매트에 마른 흙이 묻은 걸 보고 할머니 군단이 온 걸 직감했다. 밭에서 장화 바닥에 묻혀 온 흙이 분명하다.

우리가 오늘의 첫 손님일 줄 알았는데 〈테후테후〉에는 먼저 온 손님이 잔뜩 있었다. 지나가던 초등학생들과 짐작대로 할머니 군단 멤버들이 비좁은 카페 안을 차지하고 있었다. 한 가지 재미있는 건 모두 이름표를 달고 있다는 점이다.

아스카 씨는 손님들이 있거나 말거나 카운터에서 노트북의 키보드를 두드리고 있다. 우리가 온 걸 알고는 곧바로 집게손가락을 힘차게 우리 쪽으로 들이댔다.

"오오, 재방문 손님이군. 어서들 와. 차이는 한 잔에 20엔. 밀크코코아는 10엔. 책 읽는 건 무료."

헉, 소리와 함께 나도 모르게 몸을 뒤로 젖혔다.

"어린애한테는 돈 안 받는다고 하지 않았어요?"

"어른이 이렇게 많이 올 줄은 상상도 못 했지. 그래서 돈 욕심이 좀 생겼지 뭐니."

이대로 가면 머지않아 음료값을 올릴 수도 있겠다.

어른스러운 사에는 차이, 시미즈 유이토와 나는 밀크 코코아를 각자 돈을 내고 주문했다. 잠시 뒤에 차가운 커피우유가 나왔다. 밀크는 맞는데, 코코아는 어디 가고 커피가 나와?

나는 고맙다는 인사와 함께 《어린 왕자》를 돌려주고 카운터에 앉아 커피우유를 마셨다.

깡통 안을 들여다보았다.

어제는 비오 것밖에 없었던 깡통 안에 벌써 열대여섯 개의 새 이름표가 들어 있다. 비오의 이름표는 여전히 맨 아래에 있었다. 그렇다면 지금 여기에 비오는 없다는 얘기다.

SGM 이름표를 단 나에게 할머니 군단의 장군 가운데 한 명이 빙그레 웃으며 말을 건넸다. 6학년 때 같은 반이었던 야마가미 시게아키의 엄마다.

"어이쿠, 미온도 〈테후테후〉의 손님이었냐? 쓰고 싶은 이름을 쓰다니 참 재밌다야, 와하하하."

아줌마의 이름표에는 당당히 '구도 시즈카'라고 쓰여 있다. 초등학생 때 좋아했던 아이돌이란다. 동경하던 사람의 이름이구나. 스스로 생각해 낸 독창적인 이름이 아니어도 된다는 거네?

시미즈 유이토는 커피우유를 한 모금 마시고는 아스카 씨에게 작은 소리로 물었다.

"저기요, 최강의 북 디자이너 씨. 궁금한 게 있는데요."

아스카 씨가 컴퓨터 화면에서 눈을 들었다.

"뭔데, 닌자 99 씨?"

"여기에 비오라는 이름표를 단 녀석, 왔죠? 어떤 녀석이에요? 중학생이죠?"

아스카 씨는 들고 있는 머그잔의 음료를 한 모금 홀짝 마시고는 잠시 한 템포 쉬었다. 그러고 나서 어질러진 방 안을 보면서 주의를 줄 때의 엄마처럼 스윽 실눈을 떴다.

"〈테후테후〉 규칙 3. 주인장은 손님의 개인 정보와 관련된 제3자의 질문에는 절대로 답하지 않습니다. 이름이란 그 정도로 중요하거든. 친구가 되고 싶으면 직접 얼굴을 보고 물어야지."

태권도 유단자에 걸맞는 조용한 박력에 우리 셋은 일제히 입을 다물어 버렸다.

"알았어요."

시미즈 유이토는 멋쩍었던지 귀 뒤를 북북 긁었다.

듣고 보니 맞는 말이다. 만약 아스카 씨가 비오의 정체를 선뜻 알려 주었다면 우리는 두 번 다시 〈테후테후〉를 찾지 않을지도 모른다. 어른이든 아이든 상관없이 신용은 반드시 지켜야 한다고 생각한다. 그게 이름표 놀이라고 예외일 수는 없지 않을까.

"근데, 비오에 대해선 왜 묻지?"

아스카 씨가 궁금해했다.

우리 셋은 서로 얼굴을 마주 보았다. 그 대화방에서 딱히 나쁜 짓을 꾸미는 것은 아니지만 어른에게 드러낼 만한 일도 아니다.

"같은 닉네임을 SNS에서 봤거든요. 혹시 같은 사람이라면 이야기라도 한번 해 보고 싶어서요."

사에가 깜찍하게 둘러댔다.

아무래도 비오 찾기는 원점으로 돌아간 것 같다.

나는 무심코 중얼거리고 말았다.

"최고의 이름은 아직도 숨겨져 있다…."

"어머나!" 하고 아스카 씨가 환하게 웃었다.

"좋은 말이야. 캣츠, 좋아하니?"

"네?"

"고양이는 아주 특별한 이름이 필요해. 좀 더 품위 있는 자신만의 이름이 …였던가?"

"우앗, 맞아요, 그거!"

나는 소리쳤다. 그걸 어떻게 알았지?

아스카 씨는 이번에는 입을 크게 벌리고 웃었다.

"왜 그렇게 놀라고 그래. 뮤지컬 〈캣츠〉에 나오는 대사 잖니. 원래는 엘리엇이라는 사람의 시집이 원작이야. 난 에드워드 고리가 삽화를 그린 새 번역판이 좋더라. 난 고리를 엄청 좋아하거든! 그 왜, 고양이가 트로피에 올라가 있는 표지 말이야."

이야기가 갑자기 책으로 바뀌자 아스카 씨 눈은 간식을 앞에 둔 세이 쇼나곤의 눈처럼 반짝반짝 빛난다. 코에 주름이 잡힐 정도로 잔뜩 찡그린 얼굴을 하고 책장 여기저기를 뒤져 거무스름한 오렌지색 책을 뽑아 들었다. 아스카 씨 말대로, 표지에 트로피 위에서 저마다 포즈를 잡고 있는 여섯 마리의 고양이가 그려져 있었다.

《주머니쥐 할아버지가 들려주는 지혜로운 고양이 이야기(Old Possum's Book of Practical Cats)》 표지에 그려진 고양이들을 뚫어지게 보았다.

이상한 제목이다. 쥐에게 지혜로운 고양이는 어떤 고양이일까?

생각해 보니까, 텔레비전에서 뮤지컬 〈캣츠〉 광고를 본 것도 같다. 뮤지컬 대사를 술술 인용하다니, 왠지 맹주 비오는 남다른 녀석일 것 같다.

〈캣츠〉의 원작이라는 '주머니쥐 할아버지가 들려주는' 이야기와 아스카 씨가 좋아한다는 에드워드 고리라는 사람에 대해서도 알고 있을지 모른다. 같은 시대를 사는데도 전혀 다른 세계에 있는 것 같다.

아스카 씨가 생긋 웃으며 물었다.

"SGM은 고양이 좋아하니?"

"집에서 고양이 키워요. 이름은 세이 쇼나곤."

"오오, 캣츠의 고양이 못지않게 대단히 젤리클한(《주머니쥐 할아버지가 들려주는 지혜로운 고양이 이야기》에 나오는 고양이 이름인데 〈캣츠〉에서는 '순수하고 지혜로운 고양이'라는 뜻으로 쓰였다: 옮긴이) 이름인걸. 그렇다면 원작도 꼭 읽어 봐."

"…."

그 잠깐의 망설임을 아스카 씨는 놓치지 않았다. 아무것도 묻지 않고, 한마디 말도 없이, 당연하다는 듯이 주머니쥐 할아버지의 책을 내 가슴에 들이민다. 마치 이 책을 집에 가져가서 엄마에게 보여 줄까 했던 내 머릿속에 불쑥 들어왔다가 나간 것처럼. 젤리클이 무슨 뜻인지는 모르지만.

딸랑거리는 풍경 소리와 함께 〈테후테후〉를 나오자 발에 물방울이 튀었다.

덩치 큰 남자가 화들짝 놀라 잡고 있던 호스를 내 반대편으로 돌린다. 아무래도 바깥에서 군단이 더럽혀 놓은 도어 매트를 씻고 있었던 모양이다.

"아, 미안해요."

둥글둥글한 얼굴에, 반짝반짝 빛나는 동그란 눈. 큰 키를 움츠리고 사과하는 모습이 꼭 맨손체조를 하는 바다코끼리 같다. 누구지? 도어 매트를 씻는다는 건 〈테후테후〉와 관계있는 인물이라는 말이다.

아스카 씨가 문을 열고 빼꼼 얼굴을 내밀었다.

"괜찮아?"

"응. 사람이 나오는 줄도 모르고 물을 뿌려 버렸네."

설명하고 나서, 한 번 더 고개를 꾸벅 숙이는 바다코끼리에게 나는 허둥지둥 손사래를 쳤다.

"괜찮아요, 신발 끝에 쬐끔 묻은 것뿐이에요."

그건 그렇고, 하는 느낌으로 나는 아스카 씨에게 흘끔흘끔 눈길을 보냈다. 사에도 흥미롭다는 표정이다.

아스카 씨는 깨끗해진 매트를 말리면서 우리에게 바다코끼리 씨를 소개했다.

"이쪽은 후쿠모토 씨. 내 파트너야."

"파트너?"

"그래, 보통 남편이라고 하지. 일러스트레이터 일을 하는데, 평소에는 2층에 틀어박혀서 작업해. 생긴 건 이래도 사람은 착해."

아스카 씨는 '후쿠모토 씨'에게 다정한 눈길을 보냈다.

'보통 남편이라고 하지.' 이상한 표현이다. 게다가 결혼했는데 다른 성을 쓴다고?

후쿠모토 씨, 후쿠모토….

퍼뜩 떠오른 게 있어 〈테후테후〉의 문 옆을 보았다. 정확히는 거기에 걸린 두 개의 문패를.

물어보지 않는 게 좋겠지. 갑자기 거북해진다. 이건 사생활 영역이다. 하지만 물어보고 싶다. 계절을 잘못 알고 나온 달팽이처럼 입을 꾹 다문 나를, 호스를 감고 있던 아스카 씨가 흘끔 본다.

"흐음, 어떻게 설명해야 할까나."

조금 난처한 듯 고개를 갸웃거리는 아스카 씨. 그 얼굴을 후쿠모토 씨가 눈을 가늘게 뜨고 싱글벙글하며 바라본다.

"당신은 상대가 중학생이어도 어물쩍 넘기지 않는 사람이잖아."

당신을 믿어, 그런 얼굴이었다.

후쿠모토 씨의 말을 듣고 아스카 씨는 마음이 놓이는 듯이 웃었다.

"그래, 뭘 속이겠니. 그러니까 혼인신고는 하지 않았지만 결혼한 건 맞고, 파트너인 건 분명하다는 것. 후쿠모토 씨가 후쿠모토 씨라는 이름으로 일을 해 온 것처럼, 나는 줄곧 유즈키 아스카라는 이름으로 일하면서 살아왔기 때문에 새삼스럽게 성을 바꾸기 싫었어."

"아스카 씨는 자기 이름을 좋아하는 거네요."

내가 중얼거리자 아스카 씨는 생긋 웃었다.

"그럼 좋아하지. 일과 상관없이도 유즈키라는 성은 내 일부이고, 유즈키 아스카가 내 최고의 이름이야. 하지만 지금 일본에서는 부부 별성, 그러니까 결혼한 부부가 각자 다른 성을 쓰는 것을 법률로 인정하지 않아. 그런 이유 때문에 군이 혼인신고를 하지 않고 사실혼 관계를 유지하기로 결정한 거야. 우리 둘이 의논해서 말이야. 문패를 따로 단 건, 우편물이나 택배 배달하는 분들이 혼란스러워 하실까 봐서."

아스카 씨가 거기까지 말했을 때, 카페 안에서 할머니의
목소리가 날아왔다.

"주인장, 커피 한 잔 더."

〈테후테후〉에 들렀는데도 겨우 4시 반이었다. 엄마가
퇴근했을 수도, 하지 않았을 수도 있는 애매한 시간이다. 하
지만 숙제―중학교에 들어가 처음 나온 기념할 만한 숙제
다―를 해 놓고, 5시에는 저녁 준비를 해야 한다.

양배추밭 사잇길로 집에 돌아가는 것도 조금 익숙해졌
다.

입학한 뒤로 어째서인지 계속 같이 다니는 우리 셋은
얼굴을 마주 보았다. 입을 뗀 건 나였다.

"부부 별성이래."

"흐으응. 얼마 전 뉴스에도 그런 얘기 나왔던 것 같기도
하고."

별 관심 없는 듯한 얼굴로 시미즈 유이토가 대꾸했다.

그 뉴스, 나도 본 거 같다. 아마 그제 6시 뉴스였을 거다.
엄마와 저녁을 먹는데 거실 텔레비전에서 그런 내용이 흘러
나왔다.

설마 현관에 붙은 두 개의 문패에 그런 의미가 담겨 있을 줄은 생각도 못 했다. 당연히 두 가구가 살겠거니 했다. 아스카 씨의 풀 네임은 유즈키 아스카. 또 하나의 문패에 적힌 후쿠모토는 아스카 씨의 남편, 다시 말해서 파트너의 성.

물어보길 잘했다.

"왜 그렇게까지 하면서 이름을 바꾸지 않은 거예요?"

"이름을 바꾸면 자신의 뭔가가 달라진다고 생각했어요?"

성격이 시원시원해 보여서 심각한 얼굴은 상상도 안 되는 아스카 씨도 깊은 고민을 하고 이름을 '결정'했을까.

아스카 씨는 지금 그대로, 자신의 이름이 '최고의 이름'이라고 말했다. 그것을 지키기 위해서 사실혼을 선택할 정도로 성과 이름을 소중히 여기는 것이다.

최고의 이름은 어떤 이름일까.

엄마는 아빠가 집에서 나가자마자 사카가미라는 문패를 뗐다. 문패나 성 같은 건 사소한 것이라고 말하는 사람도 있을 것이다. 하지만 엄마에게는 그렇지 않았던 모양이다.

이제 막 도마쓰라는 성을 쓰게 된 나도 언젠가 결혼하게 되면 이 성을 평생 쓰고 싶어 할까.

내가 파트너의 성을 따르길 원치 않는다면 파트너가 내 성을 따라 줄까.

누군가가 누군가를 위해 이름을 바꿀 수 있다고?

나는 절로 한숨이 나왔다.

이름, 이름, 이름.

요즘 내 세계는 이름으로 가득 차 있다.

처음부터 그랬는지도 모른다. 하지만 그것을 알아차린
건 얼마 전 일이다. 그것도 갑자기.

마치 이름에 저주가 걸린 것처럼.

아니다, 이름 자체가 저주인지도 모른다.

아, 골치 아파!

사카가미도 도마쓰도 버리고, 밝게 울리는 소리도 버릴
수 있다면 얼마나 후련할까.

사에가 갑자기 걸음을 딱 멈추더니 평소와 다르게 나직
한 목소리로 내뱉었다.

"그게 말이 돼?"

"뭐, 뭐가?"

나는 조금 쫄아서 물었다. 꽃무늬 머리띠가 아주 잘 어
울리고, 언제나 온화하고 포근한 사에가 이런 목소리를 내는
건 드문 일이다. 사에는 차가운 목소리로 말을 이었다.

"진짜 이해가 안 돼, 아스카 씨가 한 말 말이야. 이름이
그렇게나 중요해? 꼭 쓰고 싶은 이름이라니, 그거 그냥 고집
부리는 거 아냐? 법을 어기고 문패를 두 개나 달 정도로 그
게 그렇게 중요해? 그건 너무 제멋대로라고 생각해. 부모야
어떤 성을 쓸지 마음대로 결정할 수 있겠지, 하지만 만약 아

이라도 태어나면 어느 쪽 성을 따라야 해? 아이가 얼마나 혼
란스럽겠냐고."

평소와 달리 말이 많아진 사에에게 나는 기가 눌렸다.

그렇게까지 말할 필요가 있을까.

"아 뭐, 제멋대로인지 어떤지는… 결혼을 안 해도 이름
이 바뀌기도 하니까."

두근거리는 가슴으로 나도 공을 던져 본다. 실제로 나도
사카가미 미온에서 도마쓰 미온이 됐으니까.

"그래. 이름이라는 건 어차피 그런 정도에 불과하잖아.
그런 일에 아이까지 휘말리게 하는 건 잘못이라고 생각해."

역시 냉정한 태도로 사에가 대답했다. 어차피, 라는 말
에 가슴이 욱신거렸다. 어차피…. 그런 것인가.

평소 사에는 나에게 이런 식으로 말하지 않았다. 별안간
자기 일이라도 되는 듯이 흥분하는 사에를 나는 이해할 수
없었다.

"나는 이름이라는 게 그런 정도에 불과하다고 생각하지
않는데."

시미즈 유이토가 나직이 말한다.

"별성이고 뭐고, 그런 거 잘은 모르지만 말이야. 나는 이
름은 중요하다고 생각해. 할 수만 있다면 지워 버리고 아예
내가 다시 짓고 싶을 정도로."

현관에는 엄마의 출근용 단화가 아무렇게나 벗어 던져져 있었다. 내가 온 걸 탐지한 세이 쇼나곤이 곧바로 2층에서 내려온다.

야옹.

현관 문턱에서 슬리퍼로 갈아 신은 내 발에 작은 이마와 연체동물처럼 말랑거리는 몸통을 문지른다. 아무래도 배가 고픈 고양이다.

안쪽 거실을 향해 소리쳤다.

"다녀왔습니다!"

대꾸가 없다. 엄마는 벌써 퇴근해서 집에 있을 텐데.

거실로 가는 동안에도 세이 쇼나곤은 야옹거리며 끈질기게 다리에 엉겨 붙었다. 아니나 다를까 엄마는 식탁 아래에 앉아 있었다.

불을 켜지 않은 탓인지 평소보다 낯빛이 좋지 않다. 왠지 불길한 예감이 든다. 식탁을 보았다. 식탁보 위에 고양이 캔과 낯익은 파란 알약이 든 봉지 그리고 마시다 만 물컵이 놓여 있다.

내가 뭐라고 하기도 전에 엄마가 먼저 털어놓았다.

"깜빡 잊고 점심 약을 회사에 안 가져갔어."

맙소사. 엄마의 약은 아침, 점심, 저녁, 반드시 하루 세

번, 정해진 시간에 먹어야 한다고 의사 선생님이 말했다.

"그럼 언제 먹었어? 집에 와서?"

나는 고양이 캔을 따면서 아무렇지도 않은 듯이 물었다. 20분쯤 전, 이라고 엄마가 대답한다. 약이 듣기 시작하는 것은 대체로 먹고 나서 30분쯤 후라고 했다.

참치 냄새에 이끌려 세이 쇼나곤이 사람처럼 뒷발로 섰다. 나는 물컵을 개수대에 가져다 놓고, 머그잔에 녹차 티백을 넣고 뜨거운 물을 부었다. 아스카 씨라면 달달한 차이를 우려 주었을 텐데.

약이 듣기까지 10여 분 동안, 시간을 때우기 위해서 나는 엄마에게 아스카 씨와 후쿠모토 씨 이야기를 들려주었다.

두 개의 문패와 부부 별성에 대해서. 그것에 대해 사에가 전에 없이 비판적이었다는 것까지. 엄마는 남의 집 얘기라면 사족을 못 쓴다. 텔레비전에서 이혼한 연예인 이야기라도 나오면 텔레비전 화면을 집어삼킬 듯이 본다.

지금도 엄마는 캔을 깨끗이 먹어 치우는 세이 쇼나곤의 등을 바라보면서 잠자코 듣고 있다. 내가 이야기를 다 끝내자 엄마는 우울한 얼굴로 한숨을 포옥 쉬고는 말했다.

"사에는 어떻게 생각하는지 모르겠는데, 엄마는 그, 아스카 씨라는 사람의 마음, 알 것 같은데."

"그래?"

뜻밖이었다. 지금이야 이혼했지만, 엄마는 결혼하고 성

이 바뀌었을 때 기뻐서 눈물까지 흘린 사람이잖아?

"미온. 엄마 이름 아니?"

"유키노잖아."

친딸에게 그런 걸 묻는 건 이 지구상에 우리 엄마뿐일 거다.

"맞아. 하지만 결혼하고 나서 엄마 이름은 점점 사라졌어. 처음으로 사라진 건 엄마의 옛날 성, 그러니까 태어나서 줄곧 함께 자라 온 성이었지. 결혼할 때는 그게 기쁘더라. 사랑하는 사람의 이름에 젖어든다고 생각했거든, 진심으로. 그런데 언제부턴지, 아빠도 엄마를 여보, 아니면 당신이라고만 불렀어. 그래서 그런가, 이번에는 이름도 마치 처음부터 없었던 것처럼 서서히 옅어졌어… 빵에 발린 버터처럼."

고개를 갸웃거리는 나에게 엄마는 쓸쓸히 웃으며 설명해 주었다.

빵에 바른 버터처럼 옅게 펼쳐진다는 표현이 《반지의 제왕》이라는 책에 나온다고.

"예전엔 몰랐는데, 이름이나 직함은 라벨 같은 거더라. 그러니까 그걸 떼어 내면 자신이 사라지는 거지. 자기가 누구인지 알 수 없게 되는 거야. 아빠의 성이라는 라벨. 아빠의 아내라는 라벨. 좋은 엄마라는 라벨. 나는 그걸 다 떼어 내고 원래의 라벨을 다시 붙였어. 당신이나 여보가 아닌 유키노라는 이름을 되찾은 거야. 그런데도 내가 누구인지 더 알 수가 없어, 왜일까."

이번에는 이름이 곧 라벨이라고?

조금 화가 난다. 너무 제멋대로인 거 아냐, 엄마?

자식은 라벨 따위를 선택하지 못한다.

"성을 바꿔도 괜찮아?" 하고 엄마가 딱 한 번 물은 적이 있다. 물어보는 건 공짜니까. 나는 고개를 끄덕였다.

'싫다고 해 봐야 소용없잖아. 엄마가 이미 결정했으니까.'

배가 덜 찼는지 세이 쇼나곤은 드러난 내 정강이를 핥아 댄다. 엄청 뜨겁고 거칠거칠하다.

나는 간신히 입을 열었다.

"잘 모르겠어. 좋은 엄마가 아니어도, 엄마는 엄마야."

"그러게. 엄마를 그만두고 싶지는 않아. 좋은 엄마가 아니어도 그것만은…."

우울한 목소리로 엄마가 속삭이듯 말한다. 나는 긴 엄지 손톱을 괜히 문질러 댔다.

"그냥 식탁 밑에 있어도 돼. 침대든 책상이든 뭐든 넣어 두고 쾌적한 공간으로, 안전한 비밀 기지로 만들면 그 안에서는 마음 편히 지낼 수 있을 거야."

"그거, 좋은데."

엄마는 웃으면서 울 것 같은 얼굴을 한다. 우아, 어떻게 저런 얼굴을 할 수 있지? 재주도 좋다.

요즘 엄마를 보고 있으면 이상한 느낌이 든다. 아기 때부터 계속 나를 안아 주었던 엄마를 지금은 내가 안아 주는 것 같다.

하지만 나는 탄 달걀말이는 할 수 있어도 다른 사람을 돌볼 준비는 아직 안 됐다. 방금도 말을 해 놓고는 내가 기계가 된 게 아닌가 싶었다. 대본이라도 읽는 것처럼 입에서 술술 대사가 흘러나왔다—좋은 엄마가 아니어도 엄마는 엄마야. 그냥 식탁 밑에 있어도 돼—.

소리 죽여 한숨을 쉬면서 아까 엄마가 한 말을 머릿속에 떠올렸다.

여러 가지 라벨. 아빠의 성, 아내, 좋은 엄마, 유키노.

그러고 보니, 후쿠모토 씨는 아스카 씨를 '당신'이 아닌 '아스카 씨'라고 불렀다.

"엄마, 우스터소스가 떨어졌어. 마트에 가서 사 올게."

저녁을 먹고 나서, 다시 식탁 밑으로 들어간 엄마에게 말하고 집을 나왔다.

오늘 저녁은 통조림 미트소스로 만든 간단한 스파게티였다. 마무리로 우스터소스를 살짝 섞는 것이 내 스타일. 데님 주머니에 오백 엔짜리 동전과 휴대폰을 넣고, 자전거 앞 바구니에 '주머니쥐 할아버지'를 넣고 페달을 굴리기 시작했다.

마트는 학교 근처에 있는 가장 가까운 슈퍼마켓이다. 혹시 〈테후테후〉가 아직 열려 있다면 가는 길에 들러 책을 돌려줄 생각이었다. 엄마가 '주머니쥐 할아버지'를 읽을 것 같지 않았다.

오후 6시가 지나자 서서히 어둑해지기 시작한다. 집 앞에 딱 하나뿐인 가로등이 이따금 찌지직 소리를 내면서 깜빡거린다. 페달을 밟으며 저녁의 아스팔트 냄새를 천천히 느낀다. 꽉 끼는 신발을 벗었을 때처럼 속이 시원하다.

모퉁이를 몇 번 돌면 오이카와네 양배추밭이 보인다.

자전거 속도를 줄이고 천천히 밭길을 지나간다.

저녁의 양배추밭은 짙은 잿빛으로 물들어 있었다. 낮처럼 잘 보이지 않는 만큼, 양배추 냄새가 더욱 진하게 풍겼다. 머릿속에서 온갖 잡다한 것들이 빠져나가고 그 자리에 동그란 양배추가 가득 찬다. 나는 밤의 양배추 냄새를 좋아한다.

〈테후테후〉는 이미 문이 닫혔다. 문에 '주인장의 본업으로 일찍 영업 종료'라고 쓰인 칠판이 걸려 있다. 아무래도 이 카페는 열고 싶을 때 열고, 닫고 싶을 때 닫는 모양이다.

마트 앞에서 뜻밖의 인물을 보았다.

시미즈 유이토. 얼굴은 잔뜩 찡그리고 있고, 손에는 에코 백이 들려 있다. 나는 자전거를 세우고, 숨을 한 번 크게 들이마시고 나서 이름을 불렀다.

"시미즈 유이토! 너, 왜 이런 데 있어?"

그 애는 나를 보고 어리둥절한 얼굴로 멈춰 섰다.

"왜, 여기 있으면 안 되냐? 케첩 사 오라잖아."

가방을 슬그머니 뒤로 숨기는 시미즈 유이토를 보며 나는 싱글싱글 웃었다. 남자가 키티 굿즈 드는 게 뭐 어떻다고.

우스터소스를 사서 가게를 나왔을 때 시미즈 유이토를 또 만났다. 정확히 말하면 만났다기보다 그 애가 아까부터 계속 같은 곳을 얼쩡거린 거다. 멋쩍어하는 시미즈 유이토에게 나는 단도직입적으로 물어봤다.

"야, 닌자 88. 너 혹시 집에 가기 싫은 거 아냐?"

"99거든."

바로 치고 들어온다. 큭, 일부러 그런 거거든.

나는 불만 켠 채로 자전거를 끌고 걷기 시작했다. 찔그럭찔그럭 바퀴 돌아가는 소리가 묘하게 크게 들린다. 돌아보니, 예상대로 시미즈 유이토는 나를 쫓아온다. 날은 어둑어둑했지만 뭔가를 말하고 싶어 하는 눈빛은 확실히 읽을 수 있었다.

"SGM. 에스지는 사카가미의 약자지?"

"들켰네."

"그걸 누가 몰라. 너무 빤하잖아."

시미즈 유이토는 어이없다는 듯이 중얼거리고는 입을 다물었다.

그만 뜸들이고 할 말이나 하지, 하고 생각했을 때 느닷없이 폭탄이 날아왔다.

"뭐, 나도 그래. 나… 입양됐어."

나는 속으로 한숨을 푹 내쉬었다.

시미즈 유이토가 왜 이렇게 내 주변을 빙빙 도는지 알아 버렸다. 내가 이 녀석을 왠지 모르게 특별하다고 생각한 이유도. 시미즈 유이토가 특별한 게 아니다. 단지 반짝반짝 빛나는 집의 애가 아닌 냄새를 내가 맡아 버린 거다. 우리는 그런 냄새를 풍기는 애들이다. 이유는 달라도, 시미즈 유이토나 나나 매일 어쩔 줄 모르는 얼굴을 하고 있을 테니까.

"그렇구나."

가능한 아무렇지도 않게 들리도록 맞장구쳤다.

"응. 그러니까 나도 원래 다른 성이었다고. 여기에는 나를 입양해 준 이모 부부가 살고 있어."

"누군데?"

"치과 옆 이발소."

"아, 거기 알아."

이곳에서는 좋든 싫든 그 한마디로 충분히 알 수 있다.

이발소 아줌마와 아저씨의 얼굴을 떠올렸다. 아빠가 단골로 다녔던 이발소여서 나도 몇 번 따라간 적이 있다. 아줌마는 텔레비전을 보면서 세상사에 온갖 참견을 하며 가위질을 했고, 아저씨는 뚱뚱한 귀뚜라미처럼 알아들을 수 없는 시를 주저리주저리 읊조리면서 수염을 밀었다.

그렇구나, 시미즈 유이토는 원래 시미즈 유이토가 아니었구나. 만약 할머니 군단이 이 사실을 알았다면 입방아를 찧어 댔겠지.

시미즈 유이토도 남모르게 상처를 받기도 할까.

'원래 성은 뭐였는데?'

이것저것 묻고 싶은 건 많은데 쉽사리 입이 떨어지지 않는다. 본인도 더는 말하기 싫은 눈치다.

이제 완전히 어둠이 내린 양배추 밭길을 쩔그럭쩔그럭 자전거를 밀면서 걸었다. 비밀을 털어놓아서일까, 아니면 내 기분 탓일까, 시미즈 유이토의 걸음걸이가 가볍다.

그 경쾌한 발걸음에 나도 같이 들떠 별 시답잖은 이야기를 장황하게 늘어놓았다.

"그런데, 왜 닌자 99야?"

"언젠가 '원조 닌자 마을'에 간 적이 있어. 시가현에 있거든. 그때 엄청 재미있었어. 그래서 닉네임을 닌자로 하려고 보니까 쓸 수 있는 게 99밖에 없더라. 그래도 뭐, 99는 MAX라는 의미니까, 멋있잖아?"

"만약 닌자가 100명 있다면 MAX는 100인데?"

"뭐든지 부족한 게 하나쯤은 있잖아? 버그 없는 게임이 있을 수 없는 것처럼 말이지."

잠깐 생각하고 시미즈 유이토는 그렇게 설명했다. 나도

마찬가지로 잠깐 생각하고 나서 고개를 끄덕였다. 아빠가 차를 대던 자리가 이제는 휑하니 비어 있는 마당과 사회생활은 제대로 하지만 식탁 밑에서 생활하는 엄마를 떠올렸다. 시미즈 유이토는 그런 걸 버그라고 말할지도 모르겠다. 하지만, 그렇다면 세상은 버그투성이게?

"흐응. 원조 닌자 마을엔 누구랑 갔는데?"

"친엄마."

"그렇구나."

또 거기서 멈췄다. '그렇구나'는 마법의 말인 것 같다. 사실은 잘 모르면서도 그 한마디로 서로가 조금은 안심할 수 있는 울림을 지닌 말.

친구로서 어디까지 물어봐야 할까. 경계선은 어디쯤에 있을까. 누군가 이야기를 들어 주길 바라면서도 상대가 마음 깊은 곳까지는 들어오지 않기를 바라는 마음. 분명 누구에게나 그런 마음이 있을 거다.

엄마는 간혹 나를 두고 "요즘 애들은 건조해"라고 말한다. 심각한 이야기가 나와도 별로 깊이 알려고 하지 않고, 끼어들지 않으려 하고, 깔끔히 흘려보내니까, 라나. 하지만 아빠와 엄마는 둘 사이에 출입 금지 구역 같은 걸 만들지 않고 서로 깊은 곳까지 넘나들었기 때문에 이혼한 거잖아? 그래서 나는 반대로 이렇게 묻고 싶어. 우리가 깔끔히 흘려보낸다고 해서 아무것도 느끼지 않는 줄 아느냐고.

시미즈 유이토가 장난스럽게 말했다.

"야, 우리 지금, 혹시 밤 데이트하는 거냐?"

"아니거든."

바로 반박한다. 말도 안 돼!

하지만 이런 시간에, 이런 곳에서 둘이 있는 걸 만약 사에가 안다면 토라질지도 모른다. 사에는 시미즈 유이토를 좋아하는 눈치니까. 양배추를 훔치러 온 거라고 둘러댈까. 바지 뒷주머니에서 휴대폰이 부르르 떨었다. 자전거를 세우고 한 손으로 핸들을 잡은 채 휴대폰을 꺼냈다.

"앗."

화면 오른쪽 위에 앵무새 모양의 아이콘이 떠 있다. 맹주 비오가 대화방에 새 메시지를 올렸다는 알림이었다.

"뭔데?"

시미즈 유이토도 내 휴대폰 화면을 들여다봤다.

맹주 비오가 대화방 안에 새 방을 만든 모양이다. 그러니까 대화방이라는 커다란 방 안에 자유롭게 드나들 수 있는 작은 방을 하나 더 만든 것이다.

나는 방 제목을 읽었다.

"으음. 표적=님 운동"

"흐억!?"

시미즈 유이토가 괴상한 소리를 냈다.

"님 운동이라면, 어제 헤이하치 선생님이 말했던 '님 호칭' 운동 말이지? 우리 학교에서 하는?"

응, 하고 내가 고개를 끄덕였다. 머릿속에서 방그레 웃는 태양 아이콘이 둥게둥게 춤을 춘다. 이 글로 확실해졌다. 맹주 비오는 우리 학교 학생이다.

놀라움이 채 가시기도 전에 비오의 글이 또 올라왔다.

맹주 비오가 물을게. '님 호칭' 운동을 어떻게 생각해?

어떻게 생각하다니….
10초쯤 지나자 하나둘씩 새 메시지가 올라왔다.

귀찮아

님 호칭, 넘 촌스러움ㅋ 말이 됨?ㅋ

왜 이렇게 일일이 표어처럼 만들고 싶어 할까.
꼭 '어린이 안전 표어' 같음.

대박 새삼스러움.

교사와 학부모와 운영위원회에서 결정했다고? 뭐임?
우리 이름에 대한 문제를 왜 우리에게 묻지 않는 거임?

그래? 그거 좋을 거 같은데? 님을 붙여 부르는 것도.

하긴. 짜증 나는 별명보단 나을지도.

귀찮아하는 아이, 싫어하는 아이, 화내는 아이 — 게다가 받아들일 수 있다는 아이까지 — 반응은 의외로 다양했다.
그때 비오의 새로운 메시지가 올라왔다.

맹주 비오의 질문. 모두 가슴에 손을 얹고 생각해 봐.
태어나서 지금까지 네가 스스로 결정한 것이 몇 가지나 되는지.

나와 시미즈 유이토는 얼굴을 마주보았다.
스스로 결정한, 것?

부모를 결정했어? 이름을 결정했어? 학교를 결정했어? 친구는… 아, 친구는 스스로 결정했겠군. 우연히 같은 반에서, 어쩌다 보니 학원에서, SNS에서 외톨이가 되고 싶지 않아서 눈치껏 선택했겠지.
성적은 스스로 매겼고? 평가받는 게 너 자신이야?
아니면 시험 결과야?
자신만의, 세상에 하나밖에 없는 신발을 신어 본 적이 있어? 다른 사람과 똑같은 실내화가 아닌 너만의 실내화.

꿈이란 걸 단 하나라도 그려 봤어?

부모의 꿈이 아닌 너 자신만의 꿈을.

용돈 액수 하나 결정할 수 없는 것이 너희들이잖아?

마치 싸우자는 듯이 몹시 도발적인 메시지가 잇따라 올라왔다. 그러고 보니 은근히 열받는다. 나는 한 손으로 자전거 핸들을 잡고는 다른 손에 든 휴대폰을 들여다보면서 생각했다. 비오의 말에 대해.

지금까지 스스로 결정한 것. 스스로 결정한 것…. 많이 있을 텐데, 없을 리가 없는데 바로 떠오르는 것이 하나도 없다. 친구도 많이 있다. 하지만 마음을 털어놓을 수 있는 친구가 몇 명이나 될까?

어둑한 밭길에 뿜어내는 휴대폰 화면의 빛에 현기증을 느꼈다. 머리에 쥐가 날 것 같다. 그 빛은 비오의 글에서만 뿜어져 나오는 것 같았다.

대화방에서 누군가가 야유하듯이 맞받아쳤다.

너도 마찬가지 아냐? 맹주면 다야?

같은 중학생인 주제에 왜 윗사람처럼 굴어?

맹주 비오의 메시지 속도가 더욱 빨라졌다.

윗사람처럼 군 적 없어. 나도 같은 처지라서 말하는 거지.

교실에서 님을 붙여 부르라고 강요하는 거, 완전 짜증 나. 그런 것까지 강요하다니, 우리가 사육당하는 돼지냐고! 하지만 사실 '님 호칭' 운동 자체를 문제 삼고 싶진 않아.

뭐든지 어른들이 멋대로 결정하는 게 미쳐 버릴 정도로 싫은 거지.

너희들, 스스로 결정하고 싶지 않아?

사탕 포장지의 색깔 같은 거 말고 뭔가를!

시험해 보지 않을래?

우리 스스로 생각하고 행동할 수 있다는 걸,

제멋대로 구는 어른 고양이들에게 보여 주는 거야.

먼저, 학교 이름표를 떼는 것부터 시작해 보자.

그리고 불리고 싶은 이름을 쓴, 자신만의 이름표를 다는 거야, 어때?

비오가 올리는 글 사이사이로 야유하거나 장단을 맞추던 멤버들의 댓글이 딱 멈췄다. 모두 당황하는 눈치다.

함께 휴대폰 화면을 들여다보던 시미즈 유이토도 마찬가지였다.

"이게 뭔 말이야. 이름표를 달자니 〈테후테후〉에서처럼? 그래서 뭐가 달라진다고. 결국은 어차피 어른들 뜻대로 될 게 뻔한데, 언젠 안 그랬냐고. 이건, 그냥 현실 도피일 뿐이야.”

비웃는 듯한 말투에서는 싸늘함조차 느껴졌다. 마치 내가 비웃음을 당한 것 같아서 나는 천재 아역을 닮은 시미즈 유이토를 째려보았다.

“뭐가 도피야? 그게 도피라면, 도피하는 게 뭐가 나빠?”

“뭐야. 너도 ‘표적＝님 운동’파였어?”

여전히 냉소적인 표정으로 고개를 갸웃거리는 시미즈 유이토에게 나도 고개를 갸우뚱해 보였다. 솔직히 나한테는 어떻게 해서든 ‘님 호칭’ 운동을 막아 보겠다는 절박함은 없다. 단지 정체를 알 수 없는 거부감이 올라올 뿐이다. 그렇다고 이런 식의 강요를 순순히 따르는 것도 내키지 않는다.

“도망쳐 보면 안 돼? 우리 힘으로 이룰 수 있는 것만 해야 하는 거야? 결과가 어떻든 저항이라도 해 보면 안 돼?”

식탁 밑에서 고양이를 끌어안고 있을 엄마가 떠올랐다.

‘고작 중학생의 힘으로는 해결할 수 없는 것도 있어. 그래도 해 보면 안 되는 거야?’

그런 불안(거부감?)을 소리 내어 외치는 게 의미 없다는 건가.

“나는 그렇게 생각 안 하거든. 있는 힘껏 해 볼 거야. 등 돌리고 마구 뛸 거라고. 맹주 비오랑 같이 온 힘을 다해서! 너도 지금 이름이 마음에 드는 건 아니잖아?”

내가 주먹을 불끈 쥐자 옆에 있던 시미즈 유이토가 한

발짝 물러섰다.

"어? 아니 뭐, 그렇긴 하지. 근데, 이거 왠지 사랑의 도피 같다."

"사랑의 도피, 그거 좋다!"

"아, 무슨 소리야. 야 진정해, 진정하라고."

나는 소리쳤다.

"생각해 봐, 재미있을 거 같잖아. 그렇게 마구 날뛸 수 있는 거, 지금뿐이야. 나중에 또 언제 할 수 있을 거 같아? 지금뿐이라고!"

"지금?"

시미즈 유이토는 어색하게 되물었다.

"하긴, 그렇게 이상한 짓을 할 수 있는 것도 진학이 아직 먼 일인 1학년 1학기 때밖에 없지."

"그치?"

"알았어. 재미도 있을 거 같고, 나도 맹주 비오의 게임에 동참해 볼게. 그럼, 앞으로 나를 닌자 99라고 불러. 너는 뭐라고 부를까? 역시 SGM?"

히죽 웃으며 나를 바라보는 시미즈 유이토에게 나는 힘껏 고개를 끄덕였다.

내 감정에 나도 모르게 뚜껑을 덮었던 일, 없어?

아스카 씨와 시미즈 유이토 말이 맞다. 이름은 아주 중요하다.

진즉 내 마음한테 물었어야 했다.

날마다 엄마의 낯빛을 살피며 산다. — YES / NO?
다른 사람의 시선을 신경 쓴다. — YES / NO?
선생님 말이면 뭐든 다 듣는다. — YES / NO?

매일, 매일 어쩔 수 없다고 감정을 꾹꾹 눌렀지만 사실
마음속에서는 이렇게 부르짖고 있었다. NO, NO, NO.

모든 것에 NO다!

새로운 이름표를 달자는 제안에 대해서는 솔직히 어떻
게 받아들여야 할지 모르겠다. 지금의 내 이름이 못마땅한
건 사실이다. 하지만 대화방 멤버들의 반응만 봐도 모두가
적극적으로 찬성하는 건 아니다. 이상한 별명이 붙어 놀림당
하는 게 싫다는 쪽이나, 서로를 님으로 불러서 평등하고 정
중하게 대하는 게 좋다는 주장도 일리 있다고 본다.

하지만 비오나 몇몇 멤버들의 말이 맞다.

입으로는 늘 너희들을 위해서라고 하면서 왜 우리에게
의견을 묻지 않는 거지?

왜 멋대로 결정해 버리는 거야? 선생님들도 그렇고, 아
빠랑 엄마도….

우리는 부모나 어른에 딸린 덤 같은 존재가 아니다.

중학생은 자신의 의사를 존중받고 싶어 하면 왜 안 돼?

뭐든 다, 네 알겠습니다, 하고 잠자코 따라야 하는 거야? 그건 아니잖아!

맹주 비오, 나도 NO라고 주장하겠어.

내가 진심으로 원하는 이름을 내 상징으로 삼을 거다.

비록 엄마가 식탁 밑에서 지내고 있을지라도, 나까지 거기에 질질 끌려들어 가는 건 싫다고 소리치면 된다. 따로 사는 아빠하고도, 가끔 내 얼굴을 피하는 엄마하고도 다른 인생을 사는 거다.

그래, 나만의 이름표를 달고.

난 이제 막 중학생이 됐다. 재미없는 일은 하지 않겠다. 내가 내 뜻대로 만든 이름표를 학교에서 달다니, 이렇게 가슴 뛰는 일이 또 있을까!

나는 자전거 핸들을 억지로 시미즈 유이토에게 떠밀었다. 짜증 내는 시미즈 유이토를 무시하고 대화방에 메시지를 올렸다.

맹주 비오와 양배추밭의 고양이들에게
SGM의 제안 하나. 먼저 우리의 이름을 짓는 건 어떨까?
〈어린 왕자 동맹〉은 어때?

내가 올린 메시지 아래로 '뭐임' 'ㅋㅋ' 'ㅎㅎ', 그것 말고도 웃음 이모티콘 몇 개가 달렸다. 내 제안이 그렇게 우스운가? 발끈하면서 추가로 타타타탓 메시지를 올렸다.

　　그래, 방금 웃은 쉐이들, 만나면 가만 안 둔다.

　　이번에 《어린 왕자》를 읽고 안 사실 하나,

　　어린 왕자에게는 이름이 없대.

　　내 단짝이 그러는데, 어린 왕자는 넓은 우주에서 단 하나의 특별하고 고독한 존재라서 이름이 없는 게 아닌가 싶대.

　　근데 나는 어린 왕자 본인은 어떻게 생각했을까, 싶거든.

　　너는 특별한데다 고독하며 너 이외의 누구도 아니다.

　　그래서 이름은 필요 없다.

　　그런 얘길 듣는다면 난 울어 버릴 거야.

　　내 생각엔 어린 왕자도 이름이 갖고 싶었을 거 같거든.

　　누군가가 매일 불러 줄 수 있는 평범한 이름을.

　　우리 한 사람 한 사람도 어린 왕자처럼 특별해.

　　그러니까 맹주 비오 말대로, 우리도 자기가 생각한 이름을 가슴에 달아 보는 거야. 자신이 직접 지은, 자신을 위한, 자신만의 이름을.

　　이건 그걸 위한 선언이야.

　　우리의 대화방 이름을 이걸로 하는 거야.

　　〈어린 왕자 동맹〉

　　대화방에서는 다시 'ㅋㅋㅋㅋ'가 이어지더니 한동안 잠

잠했다. 반응 없는 휴대폰 화면을 보고 있자니 심장이 터질 듯이 쿵쿵 뛰었다.

이윽고 맹주 비오의 새로운 메시지가 올라왔다.

가만 안 두겠다니, 너무 과격한 거 아냐? 하지만 나쁘지 않아. 나 맹주 비오는 SGM 의견에 찬성. 찬성하는 사람은 심장으로 응답해.

심장…?

내가 고개를 갸웃하자 시미즈 유이토가 냉큼 손을 뻗어 내 휴대폰 화면을 터치했다. 비오의 글에 '좋아요'를 누른 거다. 새빨간 하트 이모티콘이 비오의 새 글 아래에서 반짝인다.

다음으로 '좋아요'를 누른 건 Chaeyong이었다. 그 아래로 마치 불이 번져 나가듯 대화방 참여자들이 잇따라 '좋아요'를 눌렀다. 심장이 터질 것 같아서 나는 체육복 가슴팍을 꼭 움켜쥐었다. 우리는 대화방으로 이어져 있다.

맹주 비오가 소리 높여 선언했다.

아주 좋아. 지금부터 이 대화방 이름을 〈어린 왕자 동맹〉이라고 한다. 그 이름에 맞춰 새 이름표에 쓸 이름을 어린 왕자의 별을 생각하며 '별 이름'이라고 하자. 앞으로 이 대화방은 비공개로 하고,

지금 있는 멤버에게만 공개할게.

부모나 선생들이 볼 수 없도록.

멤버들은 〈어린 왕자 동맹〉이나, 여기서 나눈 이야기는 절대 말하지 말고.

우리만의 비밀로 할 것.

다시 '좋아요'의 폭풍이 이어졌다.

뭐지, 구름에 탄 것처럼 발끝부터 머리끝까지 둥둥 떠 있는 듯한 이 기분은.

나는 용기를 끌어모아 다시 메시지를 올렸다.

맹주 비오, 얼굴 보면서 할 이야기가 있는데, 혹시 지금 나올 수 있어? 모리중 앞 양배추밭을 빠져나가면 보이는 신사 앞에서 기다릴게.

딱 30분만 기다린다. SGM.

시미즈 유이토가 "윽" 하더니 손목시계를 확인한다.

"잠깐, 30분이라니 지금부터 30분!? 무슨 생각을 하는 거야. 넌 어떻게 하는 짓 하나하나가 저돌적이냐? 완전 멧돼지네."

"멧돼지라니! 넌 맹주 비오가 누군지 궁금하지 않냐?"

"당연히 궁금하지."

맹주 비오는 답이 없다.

시미즈 유이토는 못 말리겠다는 듯이 땅이 꺼져라 한숨을 쉬고는 어쩔 수 없다는 얼굴로 자전거를 끌고 걷기 시작했다. 그리고 나를 흘끗 돌아보고 말했다.

"야, 가자. 저기 저 신사지?"

보기와 다르게 의리 있는 녀석이다.

밤의 신사는 역시 까만 브로콜리 같다. 삼나무 잎에 폭 파묻힌 문을 지나면 안쪽에 두 마리의 동물 석상이 지키는 아담한 신사가 있다. 이미 어둠이 짙게 내린 신사에는 싱그러운 나뭇잎 냄새로 가득했다. 몸을 움직일 때마다 발밑에서 자갈이 까드득까드득 운다.

시미즈 유이토가 불만을 쏟아 낸다.

"더 기다려? 밤에 이런 데 있으면 위험하잖아. 나 없으면 어쩔 뻔했냐? 너 진짜 답이 없다."

아까부터 계속 투덜거리는 닌자에게 나는 두 손을 모으고 부탁했다.

"미안해. 10분만 더 기다려 보자, 응?"

지금 시간이 오후 6시 45분.

맹주 비오는커녕 개미 새끼 한 마리도 나타나지 않았다.

뭐, 내가 늘 이렇다. 10분만 더 기다려 보자고 해 놓고는 그만 포기하고 돌아갈까 생각했을 때, 끼이익 하고 자전거 브레이크 밟는 소리가 들렸다.

시미즈 유이토와 얼굴을 마주 보았다.

'비오인가?'

바로 가까이서 자전거 받침대 내리는 소리가 난다. 이어서 발소리. 신사 안으로 누군가가 들어오고 있다. 어둠 속에서 사람의 모습이 나타나기를 숨죽여 기다렸다.

마침내 그 사람이 왔다.

작은 체구에 젓가락처럼 가느다란 팔다리. 무슨 생각을 하는지 가늠이 안 되는, 감정의 변화가 거의 없는 얼굴.

이구로 기코였다.

우리 반의 이구로 기코.

묵직해 보이는, 흔들리는 걸 본 적 없는 이구로 기코의 검은 머리가 봄밤의 살랑대는 바람에 나부낀다. 내 마음도 덩달아 흔들렸다.

#하치모리 헤이하치,
동요하다

하치모리 헤이하치가 1학년 1반에 일어난 이변을 감지한 것은 '님 호칭' 운동이 시작된 지 사흘째였다. 학급에 이상한 이름표를 단 학생들이 나타나기 시작한 것이다.

처음 하치모리 헤이하치의 눈에 들어온 것은 도마쓰 미온의 이름표였다.

조회 시간에 출석을 부르기 직전의 일이다.

"헤이하… 아니 선생님. 오늘부터 저를 이 이름으로 불러 주세요."

도마쓰 미온. 짧은 커트 머리의 활달한 여학생이다. 큼직하게 'SGM'이라고 쓴 자신의 이름표를 의기양양하게 가리키며 말했다.

올봄에 부모님이 이혼했다. 성격도 밝고, 수업 태도와

교우 관계도 특별히 문제가 없어 보이는 학생이지만 아버지
가 떠나고 어머니와 단둘이 살게 되면서부터 생각에 잠긴
듯한 모습이 종종 눈에 띈다… 초등학교에서 받은 인계 사
항에 그렇게 쓰여 있었다. 그런데 지금은 잘 이겨 냈는지 쾌
활해 보인다.

"도마쓰 님, 그 이름표는 뭐지? 학교 이름표가 아닌 것
같은데?"

어디까지나 정중하게 물었다. 중학생이란 이유도 없이
반항하는 존재다. 이 정도 일로 동요한다면 교사라 할 수 없
다. 도마쓰 미온이 대답하기 전에 사나다 유키오가 손을 들
었다.

"사나다 님? 무슨 일이지?"

"선생님, 님을 붙여 주시는 건 좋은데, 별 이름으로 불러
주시죠."

쏘아붙이는 듯한 그 말투에 헤이하치가 당황한 것은 말
할 것도 없다.

"뭐라고?"

"별 이름 말이에요. 여기 이름표에 쓰여 있잖아요."

사나다 유키오는 자신의 왼쪽 가슴을 가리켰다.

가슴이 철렁했다. 사나다 유키오까지 이상한 이름표를
달고 있다. 정확히 말하자면 도저히 이름표로 봐줄 수 없는,
메모지에 매직펜으로 뜻 모를 말을 휘갈긴 것이다.

"저는 제 이름을 좋아하지 않아요. 전국시대 게임을 할 때, 왜 유키무라가 아니라 유키오냐는 말을 너무 많이 들었거든요. 원래 사나다 유키무라의 진짜 이름은 노부시게인데, 다들 그것까지는 모르니까요."

"노부, 그건 그렇고. 너 말이야, 자기 이름을 좋아하지 않다니."

"너라고 부르는 것도 삼가 주세요. 님을 붙여 부르면서 너라고 부르는 건 이상하지 않아요?"

"어? 아니, 뭐 그렇군. 그럼 뭐, 자네, 별 이름은?"

사나다 유키오는 다시 가슴에 단 메모지를 가리켰다. 자세히 보니 거기에는 전국시대의 장수 이름이 힘찬 필치로 쓰여 있다.

"사나다 가문이라면 역시 사나다 마사유키 아닙니까. 기왕 쓸 거면 저는 그 이름이 완전 좋습니다."

전국시대 장수 사나다 유키무라의 아버지 이름까지 들먹이면서 사나다 유키오는 어깨를 편다. 아무래도 전국시대 오타쿠인 모양이다.

참으로 어이가 없다. 유키무라든 마사유키든 지정된 명찰 이외의 것을 달고 다니는 행위는 당연히 교칙 위반이다. 그보다도 자기의 이름을 좋아하고 싫어한다는 것 자체가 하치모리 헤이하치에게는 이해할 수 없는 일이다.

교단에서 얼추 확인해 보니, 시미즈 유이토와 이구로 기코도 직접 만든 명찰을 달고 있는 것 같았다. 그밖에도 두 명쯤 더 있을까.

주초인 월요일에는 이상한 명찰을 단 학생이 더 늘어나 있었다. 일일이 세어 보니, 스물세 명 중 무려 열네 명이었다. 학교 명찰처럼 교복에 핀으로 단 학생도 있지만 마치 회사원처럼 목걸이 명찰을 걸고 있는 학생도 있었다.

이들은 하나같이 자신의 진짜 이름이 아닌 괴상한 '별이름'이라는 것을 쓰고 있었다.

예컨대 하타노 세이주(波多野靖樹)의 경우는 이랬다.

"저는 이름의 획수가 너무 많은 게 마음에 들지 않아요. 시험 볼 때마다 이름 쓰느라 시간을 얼마나 많이 잡아먹는지 몰라요. 도무지 속도를 낼 수 없는 이름이에요. 그래서 HONDA CB400 슈퍼 포. 속도는 이게 최고거든요!"

하치모리 헤이하치는 하도 어이가 없어서 천장을 올려다보았다.

그 '이름'이 하타노 세이주가 선망해 마지않으며, 언젠가 면허를 따면 타고 싶은 오토바이란 것은 자기소개 시간에 들어서 알고 있었다. 알고는 있지만 이해할 수는 없다. 오토바이 모델명 따위는 학교 명찰에 쓸 수 있는 이름과는 몇 광년은 거리가 멀어! 슈퍼 포가 대단하다는 것은 인정한다만.

가쿠 유키토는 이런 명찰을 달고 있다.

'예스 배리어 프리'

무엇을 말하고 싶은지는 알겠다.

가쿠 유키토는 휠체어를 타고 다니기 때문에 교내에서 움직이거나 일부 수업에 참석할 때면 전담으로 돌봐 주는 특별 교사가 따라붙는다.

그는 평소처럼 한 마디, 한 마디 끊어서 천천히 말했다.

"저는 이름에 불만은 없지만, 이번 기회에 주장하겠습니다. 학교 계단에는 휠체어 리프트가 있지만 계단이 너무 높아서 쉽게 갈 수 없는 교실이 있습니다. 바로… 미술실입니다."

평소와 다르게 농담도 하지 않고 사뭇 진지했다.

솔직히 놀랐다. 가쿠 유키토가 미술실에 갈 수 없는 건 확실하지만 그 대책으로 1반은 되도록 교실에서 미술 수업을 하기로 방침을 세웠다. 입학하기 전에 이미 본인도 가족도 설명을 듣고 받아들였을 것이다.

"우리 학교도 좀 더 배리어 프리해졌으면 좋겠습니다. 그럼 이동할 수 있는 장소가 더 많아지고, 저나 저를 돌봐 주시는 선생님도 편해질 거라고 생각합니다. 제 이름에는 '가는 사람(行人)'이라는 뜻이 있으니까 어디든 가야 하고, 갈 수 있어야 합니다. 안 그렇습니까? 선생님도 이제 나이가 있으니 여기저기서 잘 넘어질 거고 말이죠."

무슨 말을 하려는지 모르는 것은 아니다. 선생님도 이제

나이가 있으니, 라는 말은 불필요하지만. 사실 요즘 들어 곧
잘 넘어지곤 해서 내심 움찔하긴 했다.

또 게임이 취미라는 오이카와 류세이는

"저도 제 이름이 싫지는 않지만, 왠지 재미있을 것 같아
서 이걸로 했어요!"

그러면서 가리킨 것은 학교 명찰 위에 척 붙여 놓은 종
이쪽이었다. 거기에는 몹시 서툰 글씨로 이렇게 쓰여 있었
다. '라이너 에빙 슈톨츠훼르츠'

"요즘 재밌게 하는 인터넷 게임의 주인공 이름이에요."

이걸 어떻게 부르란 거야.

"아니아니아니, 이건 교칙 위반이야."

하치모리 헤이하치는 그렇게 말하고는 곧바로 자신의
말이 뭔가 이상하다고 느꼈다.

교칙 위반.

정해진 명찰 이외의 것을 다는 것은 교칙 위반이 분명
하다. 하지만 자신이 불리고 싶은 이름을 쓰는 것을 금지하
는 교칙은 없다. 누가 교칙을 만들면서 거기까지 생각하겠는
가. 결국 학교에서 정해 준 명찰에 좋아하는 이름을 썼다고
해서 교칙 위반으로 볼 수는 없는 것이다. 누가 괴롭힘을 당
해서 피해자가 생기는 것도 아니다. 골치 아프게 된 것은 하
치모리 헤이하치를 비롯한 교사들, 즉 교칙이라는 규칙을 만
들어서 지키라고 호소하는 어른들이다.

교칙을 어긴 것이 한두 명뿐이라면 교무실로 불러 엄중히 주의를 주는 것으로 끝날 것이다. 그래도 말을 듣지 않을 때는 최악의 수단으로 정학이나 퇴학 처분도 내릴 수 있다.

하지만 교칙을 위반하는 학생이 그렇지 않은 학생들보다 많아지면 학교는 어찌할 도리가 없다. 이것은 여론과도 같은 것이다. 그 모두를 교무실로 호출할 수도 없는 노릇이고, 정학 처분을 내리지도 못하고, 교사는 완전히 무력해진다. 모든 학생들 사이에서 '보통'의 기준을 세우는 것이 교칙이지만, 보통이 아닌 무리가 보통이 되면 교칙은 더 이상 의미가 없어진다.

또 다른 경우, 이구로 기코도 도가 지나치다.

이 아이의 명찰에는 '의미없는애'라고 쓰여 있다.

그 많은 이름 중에 하필 의미 없는 애가 뭐란 말인가!

이구로 기코. 초등학교 때 담임이 남긴 기록을 보면 6학년이 끝나 갈 즈음에는 학교에 겨우겨우 나올 뿐, 쉬는 시간에는 누구하고도 이야기하지 않고 얼굴도 거의 들지 않았다고 한다.

아버지는 이 지역에서 잘나가는 명사이며, 가정환경에 이렇다 할 문제는 없는 것 같다. 눈에 띄게 문제를 일으키지는 않지만 아무튼 반 아이들과 어울리지 못하고, 생기 없는 눈을 하고 죽은 듯이 있는 아이. 초중학교 교사라면 반드시 몇 명은 경험하는 사례이다.

그런데 이구로 기코가 그런 명찰을 달고, 번쩍이는 매의 눈으로 위압적이기까지 한 눈빛으로 교단을 노려보는 것이 아닌가. 그런 눈빛을 할 수 있으면서 굳이 왜 의미 없는 애라는 이름을 쓰고 싶어 하는지….

이구로 기코의 아버지도 이 일을 알고 있을까.

하지만 하치모리 헤이하치를 정말로 당혹스럽게 한 것은 아이들이 대대적으로 교칙을 거스르는 것이나 보호자의 반응 같은 것이 아니었다.

학생들이 학교의 규칙을 어기고 독자적인 이름을 쓰게 된 것뿐만 아니라 그들 중 몇 명의 눈동자에는 어딘지 하치모리 헤이하치를 위축시키는, 이해하기 힘든 빛이 담겨 있었던 것이다.

'이름'을 계기로 그들 사이에 잠들어 있던, 만만치 않은 뭔가가 깨어난 것 같았다.

떠오르는 해를 향해 머리를 돌리며 일제히 일어서는 미어캣 무리처럼, 종종 아이들이 일제히 같은 방향을 보는 일이 있다. 하치모리 헤이하치가 초등학생이었을 때는 전국에서 오컬트 붐이 일어 교실마다 '분신사바'나 '엔젤 님'이 유행했다.

모리중 학생들이 기행을 벌이는 계기는, 그렇다, 학교 옆 양배추밭 너머에 있는 묘한 북 카페인지도 모른다. 그 북 카페는 교무실에서도 화제다. 하치모리 헤이하치는 아직 가

보지 않았지만 절반이 넘는 선생님들이 이미 그곳에 가 봤다고 한다.

그 북 카페에서는 좋아하는 이름으로 명찰을 만든다고 들었다. 초등학교와 와카미야중학교에서도 많은 학생들이 명찰을 만든 모양이다.

1학년 1반 아이들도 그 북 카페를 따라 하고 있을 가능성이 있다. 교장과 교감에게 상황을 이야기하고, 카페 사장을 한번 만나 이야기를 들어 보는 게 좋을 것이다.

만약 내가 그 북 카페에 간다면 어떤 명찰을 만들까, 하고 하치모리 헤이하치는 생각해 봤다. '헤이하치 짱'? 아니면 예전에 아내가 애칭으로 불렀던 '헤이 짱'은 어떨까. 초등학교 때의 굴욕적인 별명인 '헤코키 헤이하치'(방귀쟁이 헤이하치 정도로 옮길 수 있는 말로, 이름에 방귀라는 의미의 '헤'가 들어가서 이런 별명이 붙은 듯하다: 옮긴이)는 아마 절대 쓰지 않을 것이다.

아이들은 현상을 만들어 낸다.

아니다, 스스로가 현상이 된다.

모리노시타중학교 1학년 1반, 스물세 명의 아이들에게 지금, 뭔가가 일어나고 있다.

그날 방과 후, 하치모리 헤이하치는 교무실에서 2반 담임과 이야기를 나눴다.

"실은 우리 2반에도 드문드문 'My 명찰'을 착용하는 학생이 나오고 있습니다."

"옛, 그래요?"

맞장구를 치는 하치모리 헤이하치의 머리에 문득 이런 생각이 스쳐 지나갔다.

'과연 이름만의 문제일까?'

앞으로 정신 똑바로 차리고 지켜봐야겠군, 하치모리 헤이하치는 단단히 마음먹었다.

이번 1학기는 지난 20년 동안의 교사 생활 중에서도 기억에 남는 특별한 봄, 특별한 한 학기가 될 게 분명하다.

#그건 그저 이름일 뿐

"이구로 기코. 네가 맹주 비오야?"

너무 놀라서 물었다. 이구로 기코의 눈이 커지더니 이내 쿡쿡 웃고는 고개를 가로로 젓는다.

"그럼, 여기엔 왜?"

"네가 맹주를 불렀잖아. 그래서 왔지."

"뭐?"

"여기 오면 나도 맹주를 만날 수 있을까 싶어서."

아, 그런 거였어.

어느 쪽이든 깜짝 놀랐다. 늘 얌전한 이구로 기코가 이렇게 대담한 행동을 한 것도, 대화방에 참여했다는 것도 놀라웠다.

"아. 그렇다면 이구로 기코 너도 〈어린 왕자 동맹〉의 멤버라는 거네? 닉네임이 뭐야?"

"…."

이구로 기코는 10초쯤 대답이 없더니 나직이 말했다.

"의미없는애."

나와 닌자 99는 얼굴을 마주보았다.

헉, 의미없는애가 나타났어!

물론 대화방에서 본 적은 있다. 50명 정도까지 불어난 멤버 중에서도 유독 어두운 분위기를 내뿜는 닉네임이었다. 눈치로 보아 닌자 99도 그렇게 생각했던 것 같다.

"꽤 강렬한 닉네임이네."

마음속 생각을 무심코 내뱉자 닌자 99가 놀랐다는 듯이 나를 바라본다. 그런 말을 하면 어떡해! 하는 얼굴이다.

안다. 나도 말을 내뱉고 나서야 철렁했다. 하지만 냄새가 난다. 분명 이구로 기코에게도 발을 들여놓으면 안 되는 영역이 있는 거다.

뜻밖에도 이구로 기코는 선뜻 대답했다.

"나도 이름이 마음에 안 들거든. 나는 기코(希子), 그러니까 '희망의 아이'잖아? 내 이름에서 '희망'을 빼 버리고 싶어. 희망 같은 거 눈곱만큼도 없을 때는 미칠 것 같거든."

"그렇구나."

그 마법의 말이 자동으로 나와 버렸다. 정말 바보 같은 입이다. 게다가 거기서 멈추지 않고 마음에도 없는 말까지 불쑥 내뱉고 말았다.

"그래도 부모님이 지어 주신 귀한 이름인데."

"그딴 거 알게 뭐야."

맞다, 그딴 거 알게 뭐야.

바람 한 점 없는 호수처럼 고요하고, 고요하게 이야기하는 이구로 기코의 얼굴에서 눈을 뗄 수 없었다. 친하지는 않지만 나는 이 애를 조금은 알고 있다고 생각했다. 하지만 내가 있는 반에 이런 애가 있다는 것을 나는 모르고 있었다.

조금 망설였지만 나도 솔직해지기로 했다.

"아, 나도. 나도 같아."

이구로 기코는 "그래" 하고 웅얼거렸다. '뭐가?'라고 묻지 않는다.

말없이 서로를 바라보는 이구로 기코와 나를 닌자 99가 느닷없이 멧돼지라도 마주친 듯한 눈빛으로 바라보고 있다.

"이구로, 너도 내일부터 학교 이름표 뗄 거야?"

"의미없는애라고 불러도 돼."

"너만 괜찮다면 INK라고 부르고 싶은데. 의미(Imi), 없는(Nasi), 애(Ko)의 이니셜 세 개를 합해서 INK. 아니면 잉크는 어때? 나는 SGM으로 부르면 돼."

나는 머릿속으로 첫 글자의 의미를 확 바꿔 버렸다.

이이(I)·네(N)·코(K). 좋은 고양이.

그래, 나에게 INK는 이런 뜻인 것으로 하자. 아무리 본인이 원한다고 해도 '의미없는애'라고 부를 수 없어. 그런 애는 이 세상에 없으니까.

이구로 기코가 보일락 말락 웃는 것 같았다.

"난 뭐라고 부르든 상관없어. 후후, 너 재밌는 애다. 그보다 SGM이 너였구나. 아, 당연히 학교 이름표는 뗄 거야. 맹주가 나를 도와줬으니까. 너도 그렇지?"

머리카락만큼이나 까만 눈동자가 나를 뚫어지게 바라본다.

"SGM이 나란 건 아마 누구나 알걸. 꼭 그걸 써야 하냐고 생각할 수도 있겠지. 하지만 그 대화방을 보고 생각했어, 소리 내어 말해도 된다고. 그래서 일단 소리쳐 보려고."

이구로 기코도 나와 같은 부류인 거다.

내 이름이 싫어, 라고 말하는 건 어렵지 않다. 하지만 입 밖에 내는 순간, 마음속 깊은 곳에 죄책감이 자리 잡을 것이다. 혹여 부모님이 알면 속상해할까 싶어서. 나 때문에 엄마의 약이 더 늘어날 테고, 그럼 엄마가 더 위험해질 테니까. 그래서 결국 내가 좀 더 참으면 된다고 생각해 버린다.

내 이름이니까 당연히 좋아하고 싶다.

하지만 그렇지 않을 때도 있다.

지금의 이구로 기코에게 희망은 무겁다. 지금의 나에게 밝은 울림은 괴롭다. 이름은 마치 자신을 비추는 거울과도 같다. 자기의 이름을 싫어하는 마음과 자기 자신을 받아들이지 못하는 마음은 어딘가에서 이어져 있다.

그것이 집인지, 학교인지, 아니면 친구인지 알 수는 없지만 무언가가 이구로 기코를 무겁게 짓누르고 있는 게 틀림없다. 아직 서로에 대해 잘은 모르지만 우리는 그것에 반기를 들기로 다짐했다.

그렇다, 일단 소리쳐 보기로 한다.

'별 이름'이 그럴 용기를 줄 거다.

이구로 기코가 '먼저 갈게'라거나 '안녕'이라는 인사도 없이 돌아간 뒤, 내내 잠자코 있던 닌자 99가 나직이 중얼거렸다.

"걔 말이야, 좀 멋있더라. 달라 보이기도 하고."

"응."

나는 엄청 진지하게 고개를 끄덕였다.

닌자 99는 케첩을, 나는 우스터소스를 저마다의 에코 백에 넣고 집으로 돌아갔다. 내일이면 게임 시작이다.

다음 날, 〈어린 왕자 동맹〉의 조용한 게임이 시작됐다.

곧바로 '별 이름'을 쓴 이름표, 즉 '별 이름표'를 달고 등교한 것은 나와 사나다 유키오, 닌자 99, INK 그러니까 이구로 기코였다. 역 앞 슈퍼목욕탕 집 아들인 사나다 유키오는 자기 이름이 오래전부터 마음에 들지 않았던 모양이다. 그 애 이름표에는 난생 처음 듣는 전국시대의 무장 이름이 쓰여 있었다.

아 맞다, 야마오 다다시도 별 이름표를 달았다! 뭔가를 주장하려는지, 미스터 바른생활인 이 녀석이 백지 이름표를 달고 나타나자, 헤이하치 선생님은 몹시 충격을 받은 것 같았다. 그런데 왜 백지일까?

물론 헤이하치 선생님이 충격을 받은 정도로 동맹의 기세가 꺾인 건 아니다. 다음 날에는 '별 이름표'를 단 애가 자그마치 아홉 명이나 늘어났다.

〈어린 왕자 동맹〉에 오이카와 류세이까지 가세한 사실을 알았을 때는 정말이지 깜짝 놀랐다. MINE.com의 닉네임은 몇 번이든 바꿀 수 있기 때문에 누가 누구인지 알 수 없다.

오이카와 류세이의 경우는 우연히 대화방을 발견하고 재미 삼아 들어온 모양이었다. 온라인 게임 캐릭터라고 하는 그 애의 '별 이름'은 너무 길어서 본인도 막힘없이 말하지 못하는 상황이었다.

그리고 가쿠 유키토도 '별 이름'을 쓰는 애 중 한 명이다.

'예스 배리어 프리'란다.

손이 경직돼 있는 가쿠 유키토는 실은 틈만 나면 스마트폰을 붙들고 있으며, 음성 입력 앱에 통달한 모양이다. 〈어린 왕자 동맹〉의 대화방에 죽치고 있는 배리어무효화군은 틀림없이 이 녀석일 거다.

녀석은 이전부터 학교에서 느꼈던 불편함을 이 기회에 모두 말하기로 작정한 모양이다.

"웬일로 그렇게 진지해, 유키토? 휠 개그는 어디다 팔아 먹었냐?"

히죽거리면서 득달같이 놀려 대는 오이카와 류세이에게 가쿠 유키토는 난처한 얼굴로 설명했다.

"으음. 내가 휠 개그를 하는 건, 장애인은 다 순수하고 좋은 사람이라는 이미지가 짜증 나서야. 솔직히 말하면, 초등학교 때도 반 애들이랑 어울리려고 일부러 웃기고 그랬어. 헤헤, 실제로 유머 센스도 있는 나이스 가이라서 죄송합니다. 아, 이상."

헐, 쟤 뭐라냐! 하고 남자애들이 입으로 공격을 퍼붓는다.

"나는, 미술부에 들어가고 싶어."

가쿠 유키토는 평소처럼 천천히 말했다.

"그런데 부모님한테도, 선생님한테도 말을 못 하겠어. 나를 돌봐 주시는 모리타 씨를 더 귀찮게 할 게 뻔하고, 나한테 잘해 주는 사람들까지도 혹시 나를 이기적이라고 생각하면 어쩌나 싶어서. 그런 생각을 하면 무서워서."

그렇게 중얼거리고 가쿠 유키토는 뒤틀린 손가락으로 '예스 배리어 프리'라고 쓴 자신의 이름표를 가리켰다.

"학교가 배리어 프리가 되면 나도 미술부에 들어갈 수 있잖아. 다음에 휠체어 탄 애가 또 들어오면 걔한테도 좋은 일이고."

교실 안이 잠잠해졌다.

우리는 가쿠 유키토와 친하게 지내면서도 그 애가 그런 생각을 하고 있는 줄은 전혀 몰랐다.

가쿠 유키토도 INK나 나와 같은 부류일지도 모른다.

'별 이름표'는 우리가 말하고 싶은 것들에 형태를, 말을, 날개를 달아 주었다.

이름에는 그런 힘이 있다.

어떤 이름을 쓴다는 것은 생각보다 훨씬 더 자신의 스타일과 의지, 인격을 보여 주는 의미가 있는 모양이다. 아스카 씨가 결국 이름을 바꾸지 않는 선택을 한 것도 아마 이것과 비슷한 이유가 아닐지 모르겠다.

'별 이름' 짓기는 옆 반으로도 퍼져 나갔다.

같은 초등학교 출신인 2반의 야마가미 시게아키도 새로운 이름을 쓰고 있었다.

복도에서 스쳐 지나갈 때, 우리는 서로의 이름표에 시선이 꽂혔다. 나는 'SGM', 야마가미 시게아키('아키'는 '가을'이라는 뜻: 옮긴이)는 '야마가미 나쓰오('나쓰'는 '여름'이라는 뜻: 옮긴이)'라는 목걸이 이름표를 걸고 있다. 주위에 아무도 없는 것을 확인하고 나는 소곤소곤 물었다.

"야마가미 시게아키. 넌 이름이 왜 싫어?"

"나, 여름에 태어났거든."

당찬 눈빛으로 대답하는 야마가미를 보고 나는 하마터
면 웃음을 터뜨릴 뻔했다. 이러면 안 되지. 남의 이름을 웃음
거리로 삼으면 안 돼. 이름 가지고 웃으면 안 된다.

〈어린 왕자 동맹〉의 대화방은 조덴민 중학생을 대상으
로 개설되었기 때문에 모리중의 1학년 2반은 물론 2, 3학년
과 와카미야중이나 시내에 있는 다른 세 개의 중학교에서
들어온 멤버도 있을 수 있다.

나는 SGM. 시미즈 유이토는 닌자 99. 이구로 기코는 의
미없는애.

모리중의 〈어린 왕자 동맹〉 멤버는 대부분 MINE.com의
닉네임을 '별 이름'으로 쓰고 있다. 이름표를 보고, 너였어?
하고 정체를 알게 되는 경우도 있었다. 멤버들은 특별히 모
임을 갖지도, 만나서 이야기하며 작전을 짜지도 않았다. 다
만 맹주 비오가 연 대화방에서 만났고, 학교 이름표를 뗀 것
뿐이다.

하지만 아직도 맹주 비오가 누군지는 모른다. 적어도 우
리 학교에서는 비오라는 이름표를 본 적이 없다. 그 이후로
〈북 카페 테후테후〉에 여러 번 갔지만 비오의 이름표는 그대

로 깡통 바닥에 묻혀 있었다.

얼굴이 알려지는 게 싫은 거겠지. 어쩌면 다른 '별 이름'
을 쓴 이름표를 달고 있는지도 모르고.

누가 맹주라도 해도 이상하지 않다.

아니다, 모두가 맹주인지도 모른다.

나날이 늘어 가는 독창적인 이름표를 세어 보면서 나는,
우리는 기묘한 연대감과 이상한 열기에 휩싸여 갔다.

〈어린 왕자 동맹〉 멤버들이 '별 이름표'를 달기 시작하
고 열흘이 지난 날, 나는 만 열세 살이 되었다. 생일 기념으
로 오랜만에 엄마, 아빠와 셋이서 해산물 레스토랑에서 밥을
먹었다. 하지만 엄마와 아빠가 별것도 아닌 일로 대판 싸우
는 바람에 끔찍이 불편하고 어색한 분위기에서 밥을 먹어야
했다. 더구나 생일 선물은 사에 집에서 이미 실컷 놀았던 게
임 시디. 완전 실망이었다.

그 대사건이 일어난 것은 헤이하치 선생님이 조금 피곤
한 얼굴을 하는 것 말고는 별다른 일이 없었던 월요일 3교시
였다.

헤이하치 선생님이 피곤해 보이는 것은 교무회의에서
날마다 이름표에 대한 대책 회의가 열리기 때문인 듯했다.

'별 이름표'는 처음 1학년에서 퍼져 나갔고, 그것도 우리 1반이 중심이었다. 헤이하치 선생님이 기진맥진해 있는 것도 당연하다. 반장인 야마오 다다시의 정보에 따르면 곧 전교생 회의가 열릴 모양이다.

수업 시작을 알리는 종이 울리고 국어 교사인 오카다 다마요 선생님이 교실에 들어왔다. 다마요 선생님은 정년을 앞둔 여선생님인데, 살짝 햄스터 같은 분위기를 풍기는 작은 체구에 은테 안경을 쓰고 있다. 초등학교 때도 음악과 영어는 전담 선생님이 가르쳤지만 중학교에서는 모든 교과를 전담 선생님이 맡는다. 아직은 익숙하지 않다.

다마요 선생님이 온화한 얼굴로 수업을 시작했다.

"자. 교과서 13페이지를 펴세요. 오늘은 우리말의 표현에 대해서 공부하겠어요."

그러고는 칠판에 분필로 또박또박 '여러 가지 표현'이라고 썼다. 헤이하치 선생님의 글씨하고는 하늘과 땅만큼이나 다르다.

나는 반쯤 실신 상태로 다마요 선생님의 속삭이는 듯한 부드러운 목소리를 들었다. 금방이라도 깊은 잠에 빠질 것 같다.

표현에 대해서는 잘 모르겠고 다마요 선생님의 목소리는 정말 좋다, 깊은 잠을 부를 정도로. 게다가 다마요 선생님은 특이하게 우리를 '별 이름'으로 불러 준다. 그리고 학생들에게 말을 건넬 때도 마치 어른에게 하듯 매우 정중한 말투를 쓴다. 조금 낯간지럽기는 해도 어른에게 딸린 물건 취급 당하는 것보다는 기분이 좋다.

다마요표 속삭임과 이따금 들리는 헛기침 소리가 귓불을 간질이고는 왼쪽에서 오른쪽으로 빠져나간다.

"우리말에는 많은 표현 기술이 있어요. 크큼. 감정을 담거나, 강조하거나, 여운을 남기고 싶을 때는 조금만 생각해도 풍부한 표현을 찾을 수 있어요. 이를테면, 앞으로 배울 도치나 비유. 대구와 체언으로 끝맺는 표현. 크큼. 가령 여러분이 초등학교 때도 많이 들었던 시에는…."

어쩌고저쩌고.

꾸벅꾸벅.

턱을 괸 채로 머리를 책상에 찧기도 한다. 한 번 더 이러면 혼나겠다고 생각하면서도 도저히 졸음을 쫓을 수가 없다.

"시라고 하면…."

비몽사몽 중에 오늘 아침 〈어린 왕자 동맹〉의 대화방에 올라온 글이 문득 머리를 스쳤다. 그것은 대화방 멤버 중 한 명인 Chaeyong이 올린 시였다.

그것은 그저 이름
갓난아기의 손바닥에 내리는
그것은 하나의 별

116

사막에 떨어져 밤새 떨고 있는

그것은 불씨

유리병의 바닥 타오를 때를 기다리는

그것은 그저 이름

너의 집게손가락에서 싹트는

그저 이름

몇 번이나 소리 내어 읽었더니 저절로 외워졌다.

Chaeyong은 시를 무척 좋아하는 애다.

내가 이렇게 생각하는 건 Chaeyong이 매일 대화방에 시를 올리기 때문이다. 맹주 비오가 '양배추밭의 고양이들에게'라는 제목으로 호소문을 올린 이후로 하루도 빠짐없이 Chaeyong의 시가 올라왔다. 늦은 밤, 아니면 이른 아침에.

Chaeyong이 올리는 시는 무척 멋지다. 단어 하나하나가 반짝반짝 빛나는 것 같다. 시를 모르는 나는 누가 쓴 시인지는 알지 못한다.

오늘 아침에 올라온 '그저 이름'이라는 시는 특히 마음에 와닿았다. 이름에 대한 진한 감정이 담겨 있는 기분이 들었다. 이름을 소중히 여기는 따뜻한 마음과 그와는 정반대의 깊은 고독감이 절절하게 전해져 왔다.

Chaeyong은 시 끝에 반드시 이렇게 덧붙였다.

나는 누구일까?

그걸 볼 때마다 나는 '누구긴, Chaeyong이잖아?' 하고 혼잣말을 하곤 하는데, 그런 의미는 아닌 모양이다. 맹주 비오가 수수께끼처럼 시를 올리곤 하기 때문에 Chaeyong이 날마다 시를 올려도 아무도 이상하게 여기지 않는다. 어쩌면 Chaeyong은 비오에게 도전하고 있는지도 모른다. 이 시인의 이름을 맞혀 봐, 하고.

Chaeyong은 한국 아이돌의 팬인 모양이다. 그러니 대화방에 올리는 시는 한국의 시일지도 모른다. 이런저런 상상을 하면서 언젠가 Chaeyong에게 직접 물어봐야겠다고 생각한다… 덜컹.

몇 번째인지 노를 젓듯이 앞으로 기우뚱했을 때, 갑자기 누군가 손바닥으로 뒤통수를 톡, 톡 쳤다.

"여보세요, SGM 님. 지금 우아하게 낮잠 자고 있는 건가요?"

언제 왔는지 다마요 선생님이 책상 앞에 서 있었다. 너그럽기로 유명한 다마요 선생님도 더는 두고 볼 수 없었던 모양이다. 키득키득 웃는 소리가 교실에 가득 찼다. 잠에 취한 눈으로 "그만 일어날게요"라고 말하자 웃음소리가 더 커진다. 아뿔싸!

다마요 선생님은 한숨을 쉬고는 내 정수리를 향해 질문

했다.

"SGM 님은 시를 좋아하나요?"

내가 열심히 노를 저어 대는 동안, 시에 대해 이야기한 모양이다. 나는 고개를 끄덕였다.

"좋아, 하는 거 같아요. 전혀 흥미 없었는데 요즘은 좋아졌…."

선생님이 빙그레 웃었다.

"멋진 시를 만났군요. 그럼, 모두에게 가르쳐 줄 수 있을까요? 어떤 시인가요?"

나는 잠깐 고민하고는 의자를 쓰러뜨릴 기세로 벌떡 일어났다. 다마요 선생님은 어안이 벙벙했던지 눈을 동그랗게 떴다. 실은 멋쩍은 걸 감추려고 일부러 오버를 한 거다. 소리 내어 시를 읊는 게 부끄러워서.

"누가 쓴 시인지는 모르겠어요. 어쩌면 한국의 시인이 썼을지도. 아니에요, 어쩌면 이 교실에 있는 누군가가 쓴 시일지도 몰라요."

그렇게 말하면서 칠판으로 나갔다.

조금 설레는 마음으로 분필을 손에 쥐었다.

'보고 있지? INK?'

그렇다. 사실 나는 이구로 기코가 Chaeyong이 아닐까 의심하고 있다. 쉬는 시간이면 늘 시집을 보는 애니까 확실하다. '나는 누구일까?'라고 질문을 던졌으니까 지금 답을 맞힌다면 그것도 재미있을 거다.

〈어린 왕자 동맹〉의 대화방에서 주고받은 대화는 비밀로 해야 하지만 이 정도는 괜찮겠지.

칠판에 저절로 외워진 Chaeyong의 시를 천천히, 끝까지 써 내려갔다.

그것은 그저 이름
갓난아기의 손바닥에 내리는
…

마지막 한줄 '그저 이름'까지 쓰고 나서, Chaeyong이라는 닉네임을 덧붙였다. 나는 힐끗 INK를 돌아보았다. INK는 무거워 보이는 일자 앞머리 속에서, 아무런 감흥 없는 얼굴로 칠판을 보고 있었다. 나와 눈이 마주쳤는데도 별 반응이 없다.

'어? 아니었어?'

속으로 고개를 갸웃거렸다. 그때 사나다 유키오… 아니 마사유키가, 말해도 돼? 그럼 나도, 라는 듯이 말했다.

"오오. 그거, 본 적 있어."

'별 이름표'를 단 다른 애 하나도 고개를 끄덕였다.

"맞아. 오늘 아침에 대화방에 올라온 시야. 채영인가 하는 애가…"

따가운 시선을 느끼고 돌아보았다. 시미즈 유이토가 복잡한 얼굴을 하고 나를 보고 있다.

꽉 다문 입에서 강력한 의사가 느껴졌다. 말하지 않아도 무슨 말을 하려는지 알 수 있었다.

'야, 위험한 거 아냐? 발설 금지잖아!'

나는, 뭐 어때, 하고 어깨를 으쓱하는 제스처로 답했다. 어차피 이 교실에 있는 애들 거의가 대화방 멤버들인걸 뭐.

"자, 자, 잡담은 이제 그만."

여기저기서 웅성거리는 학생들을 다마요 선생님이 제지했다.

선생님은 칠판 앞에 우두커니 서 있는 나에게 웃어 보였다.

"가르쳐 줘서 고마워요, SGM 님. 아주 멋져요. 채영이라는 이름의 한국 시인인가요? 나중에 나도 찾아볼게요."

의기양양해진 나는 힘주어 고개를 끄덕였다.

목적은 달성했다. Chaeyong의 멋진 시를 다마요 선생님과 대화방 멤버 이외의 아이들에게 알리겠다는 목적을. 기대와 다르게 INK는 Chaeyong이 아닌 것 같았지만.

혹시 Chaeyong이 보고 있다면 기뻐했을까?

종이 울리고, 다마요 선생님이 교실을 나가기 무섭게 사에가 내 책상 앞에 와서 섰다.

"미온, 잠깐 볼래?"

사에의 얼굴을 올려다본 나는 직감적으로 여느 때와는 다르다는 것을 느꼈다. 언제나 생글생글 웃던 사에의 얼굴에는 웃음기라곤 눈곱만큼도 없다. 웃음기는커녕 창백해 보일 정도로 낯빛이 좋지 않다. 입을 꾹 다문 채, 두 개의 커다란 눈동자로 차갑게 나를 노려본다. 지금까지 이런 사에의 모습은 본 적이 없다.

어? 사에, 화난 거야?

왜?

물을 사이도 없이 사에의 오른손이 날아왔다. 다음 순간, 시야가 흔들리고 왼쪽 뺨이 화끈 뜨거워졌다.

나는 교실 한가운데서 따귀를 맞은 것이다, 마치 따귀는 이렇게 맞는다는 것을 모두에게 보여 주기라도 하려는 것처럼. 그것도 어릴 때부터 지금까지 둘도 없는 친구인 사에에게.

주위가 갑자기 진공 상태가 된 것 같다. 교실 안의 모두가 마른 침을 삼키며 나와 사에를 번갈아 본다. 당연하다.

"사에…?"

나는 만화의 한 장면처럼 손바닥으로 내 뺨을 누르면서 단짝, 아니 방금 전까지 단짝이라고 생각했던 애의 이름을 불렀다.

"따라와."

차갑게 내뱉고 사에는 내 손목을 억세게 잡아끌고 교실을 나갔다. 이제 곧 쉬는 시간이 끝날 텐데. 사에는 아무 말 없이 복도를 지나 가장 가까운 여자 화장실로 들어갔다.

여전히 입을 꾹 다문 채 안쪽 도구함에서 양동이를 집어 들더니 문 앞 복도에 내놓고 다시 문을 닫았다. 아무도 화장실에 못 들어오게 하려는 모양이다.

놀란 마음이 서서히 진정되면서 가슴속에서 화가 불끈불끈 치밀어 올랐다.

나는 따귀에 지지 않을 만큼 거친 목소리로 쏘아붙였다.

"야, 왜 때려? 내가 뭘 잘못했다고!"

"너야말로 뭐 하자는 거야? 왜 그런 짓을 하냐고!"

"내가 뭘 어쨌다고!?"

대체 무슨 소리를 하는지 모르겠다!

사에는 있는 대로 미간을 찡그리고, 눈물과 흥분으로 새빨개진 눈으로 나를 노려보았다.

"비밀인데! 칠판에 썼잖아. 모두가 보는 앞에서."

"뭐?"

"시."

사에의 말을 듣고 나는 눈을 휘둥그레 떴다.

시. 그 시…?

"설마, 아까 수업 시간에 칠판에 쓴 그 시 말이야?"

"그래, 그 시."

아직도 모르겠어, 그렇게 말하고 싶은 눈으로 사에는 나를 차갑게 째려본다.

"아니 아니, 근데 네가 왜 화를 내고 그래? 그건 Chaeyong이 〈어린 왕자 동맹〉에 올린 시잖아. 근데 네가 왜⋯."

맞아. 사에 네가 왜?

화르르 달아올랐던 얼굴이 서서히 식는다.

이상하다. 사에는 〈어린 왕자 동맹〉의 대화방 멤버도 아니다. 그런데 어떻게 Chaeyong의 시를 알고 있지? 처음 몇 번은 대화방을 보자고 해서 보여 주긴 했지만, 이후로 사에는 한 번도 대화방에 관심을 보이지 않았다. 게다가 지금 〈어린 왕자 동맹〉의 대화방에는 비번이 걸려 있다. Chaeyong의 시에 대해 사에에게 말한 적도 없다. 그런데 사에가 어떻게?

나는 가슴이 철렁해서 사에를 보았다. 시 끝에 늘 꼬리표처럼 덧붙여진 글귀가 머리를 스쳤다.

나는 누구일까?

혹시.

답을 확인하듯 사에의 얼굴을 가만히 바라보자, 사에의 입술이 파르르 떨렸다.

"맞아. 내가 Chaeyong이야."

나는 숨을 크게 들이마셨다.

124

"사에, 네 닉네임은 SaeSae 0925잖아?"

"그건 메인 계정의 닉네임이고. MINE.com은 비공개 계정을 만들 수 있어, 그건 너도 알고 있잖아?"

그걸 언제!

하지만 그게 문제가 아니다. 비밀 계정을 만들거나 대화방 가입은 마음만 먹으면 몇 분 안에 끝낼 수 있다. 중요한 것은 어째서 사에가 일부러 아무도 모르게 비공개 계정으로 〈어린 왕자 동맹〉의 대화방에 들어왔느냐다. 가장 친한 친구인 나한테까지 비밀로 하면서.

〈어린 왕자 동맹〉의 대화방은 자기 이름을 싫어하는 아이들이 모인 방이다. 사에는 지금까지 한 번도 이름에 대해서 말한 적이 없다.

"채영."

무심코 혼잣말을 했을 뿐인데 사에가 따귀라도 맞은 듯이 얼굴을 홱 쳐드는 것을 보고 가슴이 쿵 내려앉았다.

나 이런 얼굴 본 적이 있어.

식탁 밑에 웅크린 엄마가 보기 싫을 때 그리고 엄마가 나에게서 슬그머니 얼굴을 돌릴 때가 있다. 그런 날이면 잠자기 전에 세면대 거울을 들여다본다. 바로 그때 마주치는 내 얼굴 같다. 상처받은 얼굴. 상처받고, 화나고, 짜증 나고, 거절하고 싶으면서도 누군가가 내 말을 들어 주길 간절히 바랄 때의 얼굴이다.

'그렇구나.' 지금은 그 마법의 말로 얼버무릴 수가 없다. 통하지 않을 테니까.

사에 아니, Chaeyong.

다른 사람인 척하면서 날마다 대화방에 시를 올린 건 바로 너였어. 무슨 생각으로? 왜?

이걸 어떻게 받아들여야 할까. 나는 눈앞이 깜깜했다.

"너에 대해서 알고 싶어. 근데 네가 말을 안 하면 알 수가 없어. 왜 굳이 비공개 계정 같은 걸로 대화방에 들어온 거야?"

사에가 고개를 떨구었다. 넉넉히 수십 초는 말이 없더니 당장이라도 울음을 터뜨릴 듯이 작은 목소리로 중얼거렸다.

"비공개 계정 같은 걸로? 글쎄, 왜 그랬을까. 비공개 계정이긴 해도 Chaeyong도 내 이름이야."

"뭐?"

"사에(彩瑛)라는 한자, 한국어로는 채영이라고 읽어. 말했잖아, 한국 아이돌 중에 이름이 같은 사람이 있다고."

사에가 쓴웃음을 짓는다.

"사에는 내 일본 이름이야. 한국 여권에는 채영이라고 돼 있어."

"그럼, 너 한국 사람이었어?"

나는 멍하니 물었다.

사에하고는 유치원 때부터 알고 지내는 사이다. 그래서

126

사에 집이 조상 대대로 이 지역에 살지 않았다는 건 알고 있었다. 하지만 한국과 인연이 있는 집이란 건 전혀 몰랐다.

"이채영. 또 하나의 내 이름이야. 우리 아빠 쪽 증조할아버지가 전쟁 중에 한국 대구라는 곳에서 일본으로 건너왔대. 그러니까 우리 아빠는 한국 국적인 재일코리안 3세야. 엄마는 너네 엄마 같은 보통의 일본 사람이고. 나는 양쪽 국적을 다 가지고 있지만 일본에서는 엄마 호적에 올라 있어. 흔히 말하는 혼혈이지, 혼혈 4세. 원래는 친척들이 다 가와사키에 있었는데 우리 부모님이 레스토랑을 차리기로 마음먹으면서 여기로 이사 왔어."

사에는 마치 교과서를 읽는 것처럼 담담하게 가족 이야기를 한다. 어떻게 해야 좋을지 몰라서 나는 "흐응" 하고 정말이지 분위기에 어울리지 않는 맞장구를 치고 말았다.

급하게 막아 둔 화장실 문 너머에서 덜컹! 하고 큰 소리가 나고, 곧이어, "으앗!" 하는 비명이 울렸다. 누군가가 실수로 양동이를 걷어찬 모양이다. 아마 곧 수업 시작을 알리는 종도 칠 것이다.

"왜 여태 말하지 않았어?"

"그야 뭐, 말해 봐야 이해 못 할 테니까."

"그럼, 지금은 왜 말하는데?"

평소에 꽃 같다고 생각했던 사에의 얼굴이 구겨졌다.

"작년에 한국 리조트에 갔다 온 이야기, 해 줬지? 사실은 재일코리안을 대상으로 열린 여름학교에 참여한 거야. 아빠가 가 보지 않겠느냐고 해서. 거기서 처음으로 이채영이라는 이름을 썼어. 엄청 떨렸지만 인생에서 처음으로 내 뿌리에 가슴이 설렜고, 애정도 생겼어. 일본으로 돌아온 뒤에 용기 내서 가족들에게 이야기해 봤어. 중학교에 들어가면 한국 이름을 써도 되냐고. 그랬더니 할머니랑 친척들, 엄마 아빠까지도 반대하더라. 그건 안 된다고."

그러니까, 한국식 이름을 쓰지 말라고 했다는 거지?

머릿속이 혼란스러웠다.

"잠깐만. 어느 쪽이 사에 네 진짜 이름이야?"

"둘 다. 양쪽 다 진짜 내 이름이야."

"난 잘은 모르겠어. 하지만 이름이 뭐든, 부모님이 재일코리안 3세든 4세든 그런 게 무슨 상관이야? 다 같은 일본 사람이잖아. 사에 너는 사에고."

그렇잖아, 하고 나는 마음속에서 고개를 끄덕였다.

나도 뉴스 정도는 본다. 요즘 들어 해외에서 온 아빠와 엄마를 둔 아이들이 더욱 늘어나고 있다고 한다. 실제로 우리 학교에도 부모가 필리핀 사람인 애가 몇 명 있다. 그리고 마을에는 어업 관련 기능 실습생으로 온 베트남 사람도 많이 있다.

내가 기억하는 한, 나는 그런 사람들에게 나쁜 감정을 가진 적이 없다.

더구나 사에는 외모도, 쓰는 말도 나와 다르지 않다.

"사에, 넌 사에야. 아무것도 달라지지 않아."

"그래서, 그러는 거야."

사에는 포기한 듯이 힘없이 웃었다.

"아까 네가 말했잖아, 잘은 모르겠다고. 미온, 모르면 똑같다고 말하지 마. 보이는 게 똑같다고, 있는 걸 없는 걸로 하지 말라고. 나는 일본에서 태어나고 자랐으니까 90퍼센트는 '일본 사람'이라고 할 수도 있겠지. 하지만 나머지 10퍼센트는 아냐. 아닌 것까지 같다고 하지 않았으면 해. 그건 친절한 것도, 착한 것도 아니야. 나를 이해해 주는 것도 아니고."

서늘하게 내뱉는 사에의 말이 내 귀에, 가슴에 와 박혔다. 심장 박동이 빨라진다. 얼굴이 뜨거워진다. 나는 화장실 바닥을 뚫어져라 노려보았다.

솔직히 '내가 뭘 어쨌다고?'라는 기분이다.

좀 열받는다. 나도 나름대로 진지하게 사에에 대해 알려고 하고 있다. 그런데 왜 그런 식으로 말해?

"사에, 넌 사에라고 불리는 게 싫은 거야? 네 일본 이름이 싫어?"

"내 말은 그게 아니야. 좋고 싫고의 문제가 아니라고."

"그럼, 뭔데?"

"미온. 헤이트 스피치란 거 알지?"

"어? 몰라. 아니, 들어 본 적은⋯."

나는 우물거리며 말꼬리를 흐렸다.

이름에 대해 이야기하다가 왜 갑자기 그런 말을 꺼내는 걸까.

사실은 잘 모른다. 들어 본 적이 있는 정도다. 관심이 없어서인지 뉴스에 나와도 그냥 흘려들어 버린다.

"가와사키에 친척들이 살고 있어서 가끔 제사가 있거나 하면 가는데 초등학생 때, 헤이트 스피치를 직접 본 적이 있어. 친척 집 바로 근처에서, 많은 어른들이 말도 안 되는 내용을 쓴 플래카드를 들고 행진하면서…."

사에는 거기서 말을 끊고는 말을 잇기 힘든지 잠시 고개를 떨구었다.

"눈앞에서 직접 보면서, 진짜로 차별이 있구나, 하고 알게 됐어. 우리 아빠가 어렸을 때는 '자이니치(在日, 일본에 사는 한국인 또는 한국인: 옮긴이)'라는 걸 들키면 회사에 취직하기도, 방을 구하기도 어려웠대. 학교에서도 엄청 괴롭힘을 당했던 모양이고. 증조할아버지 세대는 식민지 시대 때, 조상 대대로 써 온 성을 버리도록 강요받았어. 할머니들은 본명을 쓰고 싶어도 쓸 수 없었고. 아빠도 어른들이 시키는 대로 당연한 듯이 계속 본명을 숨기고 살아왔어. 그래서 나한테도 그렇게 살라고 말하는 거지. 그런데 나는 이유를 모르겠어."

사에가 후우 하고 날카로운 숨을 내쉰다.

"양쪽의 이름을 지어 주고, 한국에서 열린 여름학교까지 보냈잖아? 그래 놓고는, 너에게는 '일본인'이 아닌 피가 흐른다, 하지만 겉은 일본인과 같은 게 좋다고 그래. 요즘엔 혐오나 넷 우익(인터넷에서 주로 활동하는 국수주의 성향의 네티즌들로 특히 재일코리안들을 혐오의 대상으로 삼는다: 옮긴이)도 무섭다면서."

사에의 어조가 점점 강해졌다. 줄곧 잠자코 있는 나를 보고 괴로운 얼굴로, 멈출 수 없다는 듯이 내뱉는다. 마구 토해 낸다.

"모르겠어. 알고 싶지 않아. 왜 꼭 같아야 해? 그런 걸로 괴롭히는 쪽이 이상한 건데, 왜 이쪽이 두려워 떨면서 혈통을 속이고 살아야 하지? 혐오하고 차별하는 사람들이 무섭지 않다면 거짓말이겠지. 왜 안 무섭겠어. 하지만 비겁하게 살고 싶지 않아. 나는 내 뿌리를 소중히 하고 싶어."

"그런데 그 뿌리란 거, 어느 쪽을 말하는 거야? 사에 너, 축구 경기 때는 일본을 응원했잖아."

나는 깊이 생각하지도 않고 그렇게 말해 버렸다.

내가 좀 심술궂었나.

하지만 둘도 없는 단짝 친구가 갑자기 이런 이야기를 하는데, 당황스럽지 않을 사람이 어디 있겠는가.

뿌리가 어떻고, 다른 이름이 어떻고. 그렇다면 지금 이야기하고 있는 건 채영인가? 아니면 사에?

그 애는 뺨을 붉힌 채 커다란 눈을 반짝거리며 나를 노려보았다.

"일본 팀을 응원하는 게 어때서. 하지만 나는 일본인이 아냐. 한국인도 아니고. 한국 국적인 아빠의 피를 이어받아 일본 공기를 마시며 자랐어. 어느 쪽도 아닌 것이 내 뿌리야. 그런데 내가 채영이란 이름을 쓰면 다른 가족들까지도 줄줄이 재일코리안이란 사실이 세상에 알려질 거래. 비겁해, 엄마도 아빠도. 그리고 나한테 아무것도 다른 게 없다고 딱 잘라 말하는 미온 너도. 너무 비겁하다고!"

나는 아무런 말도 못 하고 다시 입을 다물어 버렸다. 멍하니, 얼빠진 얼굴로 잠자코 있을 수밖에 없는 나 자신이 미웠다.

몰랐다. 사에가 이런 애였다니. 사에는 자기 자신과 세상에 대해 생각하고, 또 생각하고, 그것에 대해 불같이 말할 수 있는 사람이었다.

머릿속에서 사에의 시와 물음이 되살아났다.

그것은 불씨
유리병의 바닥 타오를 때를 기다리는
그것은 그저 이름

나는 누구일까?

"사에. 그 시, 혹시 네가 쓴 거야?"

"…."

사에는 대답하지 않았지만, 확실해졌다. 그 시는 다른 누구도 아닌 사에가 직접 쓴 시가 분명하다. 거의 매일 올렸던 다른 시들도. 〈어린 왕자 동맹〉의 대화방 안에 올리는 글은 절대로 유출되지 않을 거라고, 여기라면 자신의 진짜 모습을 드러낼 수 있다고 믿었던 것이다.

나는 규칙을 어기고 모두가 보는 앞에서 그걸 칠판에 크게 써 버렸다. 시험지의 답안을 맞춰 보듯 궁금한 걸 알고 싶다는 태평한 생각으로.

사에는 누구에게 수수께끼를 낸 것도 아니다.

날마다 스스로에게 물었던 게 분명하다.

나는 누구일까, 하고.

울상이 된 내 얼굴을 보고 사에의 눈이 동그래졌다. 그리고 갑자기 평소의 사에로 돌아와 미안한 표정을 짓는다. 금방이라도 뒤집힐 듯한 배가 폭풍이 지나간 후에 다시 평형을 유지하듯이 사에는 냉정을 되찾았다. 하지만 다시 돌아온 평소와 다름없는 사에의 모습을 볼수록 나는 점점 죽을 것 같은 기분이 들었다.

사에는 긴 한숨을 내쉬었다.

"거봐, 미온 넌 이해 못 하잖아. 내가 지금 엉뚱한 데 화풀이하고 있다는 거 알아. 하지만 같은 일본인이니 어쩌니,

우리와 똑같다느니 하면서 쉽게 말하는 소리를 들으면 짜증이 나. 너한테 이런 말을 해서 미안해. 짜증 내서 미안해."

거기까지 말하고 사에는 마침내 두 손으로 얼굴을 감싸고 울음을 터뜨렸다.

"야, 왔어. 따귀 화장실 콤비."

교실 어디선가 그렇게 속닥이는 소리가 들렸다.

누굴 보고 따귀 화장실 콤비래!

나와 사에는 찌르는 듯한 시선을 받으면서 자리로 돌아왔다. 쉬는 시간 내내 우리 이야기를 했겠지.

교실 따귀 사건에 이어 화장실 점령 사건. 소문이 잦아들려면 시간이 좀 걸릴 것이다.

다음 수학 시간에 사에는 속이 좋지 않다면서 조퇴했다. 결국 화장실에서 나온 뒤로 우리는 한 번도 서로의 얼굴을 보지 않았다.

그 이후의 수업 내용은 하나도 머리에 들어오지 않았다.

학교에서 돌아오는 길. 약속을 한 것도 아닌데 어느새 시미즈 유이토와 나란히 오이카와 류세이네 양배추 밭길을 걷고 있었다.

이 밭길로 처음 하교한 것은 입학식 다음 날이었다. 그때 이 닌자가 나와 사에의 뒤를 따라왔고. 그날 머리 위에 펼쳐진 하늘은 구름 한 점 없이 파랬다. 오늘은 비가 온다.

나는 우산을 챙겨 오지 않았다. 아침에는 비가 올 거라고 생각도 못 했으니까. 학교를 나오는데 마침 뒤따라오던 시미즈 유이토가 말없이 우산을 받쳐 주었다. 오지랖 하고는.

속으로는 '너랑 같이 우산 쓰고 싶지 않거든' 하고 튕기면서도 얌전히 우산 속으로 들어갔다. 아마 내일부터는 '화장실 따귀 우산 커플' 어쩌고 하는, 듣기에 썩 유쾌하지 않은 소문이 퍼져 나갈 것이다.

장화도 신지 않아서 하얀 양말에는 이미 진흙이 튀었다.

한참 말이 없던 시미즈 유이토는 브로콜리 같은 숲에 둘러싸인 신사가 가까워지자 멈춰 섰다.

10센티미터쯤 높은 위치에서 길게 찢어진 눈이 나를 빤히 내려다본다.

"야, 너희들 왜 그랬냐."

뭐라고 대답해야 좋을까.

부끄러워서 조금 망설였지만 사실대로 말할 수밖에 없었다.

"내가 바보같이 굴었어. 나도 모르게 상처 주고 말았거든."

"그런 거였냐."

닌자 99는 퉁명스럽게 받아넘긴다. 내가 '그랬구나' 하고 대꾸하는 거나 마찬가지다. 사에와 나 사이에 무슨 일이 일어났는지 물어보고 싶을 법도 한데, 녀석의 옆얼굴은 말을 꺼내지 않으려고 꾹 참는 모습이었다.

"궁금하면 물어봐도 되는데."

"뭐, 말하고 싶으면 말하던가."

"무슨 말이 그러냐."

나는 엉겁결에 피식 웃었다.

"웃지 마."

볼멘소리를 내뱉는 이 천재 아역이 새끼손톱 끝만큼 좋아지는 것 같다. 퉁명스럽지만 다른 때보다 조금 얌전해 보이는 닌자. 봄에 두른 목도리처럼 살짝 거추장스럽지만 따뜻하다.

머릿속에서 다시 사에를 생각한다. 내내 사에 생각뿐이다. 아스카 씨가 부부 별성에 대해 이야기했을 때, 생각해 보니 사에는 이상하리만큼 발끈하면서 비난했다. 지금 생각하면 그것도 분명….

태어나면서부터 두 개의 이름 사이에 끼어 있는 사에는 자신의 의지대로 자유롭게 이름을 선택한 아스카 씨가 부러우면서도 공연히 미웠을지도 모른다.

찬비에 머릿속마저 서늘해진 느낌이다. 덕분에 한 가지 깨달았다.

나는 국적이나 출신 같은 건 신경 써 본 적 없다는 것.

당연하다, 굳이 생각할 필요 없었으니까.

그런 내가, 너도 우리와 같다고 말한다고 해서 사에의 괴로움이 없어질까. 아니다, 내 마음만 가벼워지고, 내 기분만 좋아질 뿐이다.

'같다, 라고 말한 것이 혹시 폭력적이었을까.'

자신의 출신에 신경 쓰지 않고 살 수 있다는 것은 그것만으로 특별한 것일지도(혜택받은 것인지도??) 모른다. '대다수'라는 이름표―엄마의 표현대로라면 라벨―를 가슴에 달고 있으면, 그 바깥에 있는 사람들의 문제는 눈에 들어오지 않는다. 생각하지 않고 살아갈 수 있는 거다. 그들이 견뎌야 하는 문제가 나한테는 일어나지 않으니까. 엄마 아빠의 사정만으로 성이 바뀌어 버린 내 기분을 우리 반 애들 누구도 모르는 것처럼.

나는 사에하고는 다르다. 적어도 이름을 드러내는 것만으로 이유 없이 증오의 대상이 되지는 않으니까. 부모님이 지어 준 이름이 차라리 쓰지 않는 게 좋을 이름인 것도 아니다. 이름을 숨긴다는 생각은 해 본 적 없다. 그것들은 누군가에게는 당연한 것이 아니었을 거다.

나는 화장실에서 사에에게 이렇게 물었다.

"사에, 사에라고 불리는 게 싫어? 네 일본 이름이 싫은 거야?"

'바보 같은 걸 물었어.'

좋다, 싫다. 한다, 하지 않는다.

세상이 내 머릿속처럼 단순하면 좋을 텐데.

"사카가미 미온은 도마쓰 미온을 싫어할 수 있습니까?"

누군가 이렇게 묻는다면 나는 뭐라고 대답할 것인가.

이 세상도, 중학생도 '예, 아니오'로 단답형으로 답할 수 있을 만큼 단순하지 않다. 짚신벌레라면 또 모를까.

Chaeyong, 사에는 투명한 양배추 속에 있었다. 겹겹이 포개진 그 잎이 나한테는 보이지 않았던 것 같다.

오늘의 이나무라 사에는 대단했다. 진짜(가짜가 아닌 진짜??, 진심??)였다. 이채영이든 이나무라 사에든 자신만의 언어로 소리쳤다.

사에의 몸속 어디에 그런 용기가 숨어 있었던 걸까.

사에의 유리병 밑바닥에 있었던 불씨.

그것이 뚜껑을 연 순간, 거세게 타오르기 시작한 거다.

반대로 나는….

가장 소중한 친구에게, 뿌리건 이름이건 그 모든 걸 뛰어넘어 곁에 두고 싶은 친구에게 말할 수 없이 큰 상처를 입혔다.

어떡하면 좋지.

몹시 울적한 기분으로 〈북 카페 테후테후〉 앞을 지나는데 시미즈 유이토가 "아?" 하고 소리친다. 나도 마찬가지로 "앗" 하고 소리쳤다.

문에 이런 안내문이 붙어 있었다.

당분간 휴업합니다.

시미즈 유이토와 나는 얼굴을 마주 보았다. 어떻게 된 일이지!?

문에는 휴업 안내문이 붙었지만 문틈으로 빛이 새어 나왔다. 나는 망설일 것도 없이 문의 손잡이를 잡았다. 당황한 시미즈 유이토가 허둥지둥 나를 말렸지만 아랑곳하지 않았다. 딸랑, 하고 문에 매달린 종이 울렸다.

가게는 변함없이 책으로 가득했지만 손님은 한 명도 없었다. 커피 향과 향신료 향이 뒤섞인 냄새가 코를 후욱 간질인다.

안쪽 카운터에 아스카 씨와 파트너 후쿠모토 씨가 있었다. 똑같은 모양의 머그잔으로 뭔가를 홀짝이던 둘은 놀랐는지 나를 보았다.

어쩔 수 없다는 듯이 따라 들어온 시미즈 유이토가 내 뒤통수에 대고 "멧돼지 같으니라고" 한마디 던졌다.

아스카 씨가 아무 일도 없다는 듯이 말을 건넸다.

"어머, SGM. 오늘은 카페 쉬는데, 어쩐 일이니?"

"아, 이거 때문에요. 고마웠습니다."

가방에서 《주머니쥐 할아버지가 들려주는 지혜로운 고

139

양이 이야기》를 꺼내 아스카 씨에게 건넸다. 계속 가방에 넣어 두길 잘했다. 책을 건네받고 아스카 씨는 눈을 동그랗게 뜨더니, 금세 오렌지색 거칠거칠한 표지를 사랑스러운 듯이 쓰다듬었다.

"벌써 안 돌려줘도 되는데."

"저어, 가게, 어떻게 된 거예요?"

나는 단도직입적으로 물었다.

아스카 씨는 머그잔에서 입을 떼고, 눈으로 생긋 웃었다.

"미안해. 당분간 쉬기로 했어."

"왜요?"

"사정이 좀 있어서. 별로 중요한 일은 아냐. 책 디자인 일도 바쁘고 해서."

평소와 다름없는 시원시원한 말투였지만 얼굴은 어쩐지 조금 피곤해 보였다.

옆에서는 파트너 후쿠모토 씨가 씁쓸한 미소를 지으며 잠자코 커피를 마시고 있다.

어라. 전에 "당신은 대충 둘러대는 사람이 아니잖아"라고 말했을 때와는 다른, 어딘지 애매한 얼굴을 하고 있다.

나와 시미즈 유이토는 흘끗 눈짓을 주고받았다.

냄새가 나, 뭔가 사정이 있어.

분명 아스카 씨는 우리에게 뭔가를 숨기고 있다.

#이름을 둘러싼
우리의 전쟁

다음 날, 급식을 먹자마자 1학년 1반과 2반에서 '별 이름표'를 단 학생 열여덟 명이 교장실로 호출당했다.

나와 시미즈 유이토부터 백지 이름표를 단 야마오 다다시까지, 교내 방송에서 한 명 한 명의 이름을 일일이 부르자 교실은 벌집을 쑤셔 놓은 것처럼 난리법석이었다.

오이카와 류세이가 불안한 듯이 말했다.

"저기 말이야, 이름표 떼고 가는 게 좋지 않겠냐? 좀 불안한데."

나는 오이카와 류세이를 쩨려보았다.

"왜, 쫄았냐? 언젠가는 이런 날이 올 줄 알았잖아. 자, '별 이름표'를 당당하게 달고 가슴 펴고 가는 거야. 다 같이!"

말은 그렇게 했지만 사실은 심장이 입 밖으로 튀어나올

것 같았다. 상황이 이런데 가쿠 유키토는 "좁으니까 나는 안 가" 하고 속보이는 소리를 한다. 우리는 그 말을 무시하고 다 같이 휠체어를 밀고 1층 교장실로 향했다.

초등학교 때도 교장실에는 들어가 본 적이 없다. "너 먼저 들어가." "내가 왜!" 그렇게 서로 밀치락달치락하면서 마지못해 들어간 교장실은 무척이나 깔끔했다. 마룻바닥은 반짝반짝 빛났고, 고급스러워 보이는 소파와 그에 딸린 나직한 탁자까지 있었다.

교장실에서는 교장 선생님과 교감 선생님, 2반 담임선생님 그리고 우리 담임인 헤이하치 선생님이 기다리고 있었다. 우리를 둘러보는 헤이하치 선생님의 얼굴에 긴장감이 배어 있다.

우리들은 트로피며 메달이 그득한 유리 장식장 앞의 비좁은 공간에 줄 세워졌다. 교장 선생님은 다정해 보이는 나이 지긋한 여자 선생님이다. 엄마보다 몇 살쯤 많아 보이는 교감 선생님은 올 4월에 지바시에서 전근 왔다고 했다. 역시 여자 선생님이다.

교감 선생님이 입을 열었다.

"다들 왜 불려 왔는지 알고 있겠죠? 학부모님 몇 분이 학교에 전화를 주셨어요. My 명찰 착용을 금지해 달라는 내용이에요. My 명찰을 착용하는 학생의 부모님도, 착용하지 않는 학생의 부모님도 아주 강력하게 주신 의견이에요. 물론 선생님들도 그 의견에 찬성이고요.”

거기까지 말하고 교감 선생님은 웬일인지 이구로 기코를 흘끔 보았다. 내 옆에 서 있는 이구로 기코는 고개를 숙인 채 꼼짝도 하지 않는다.

“단도직입적으로 여쭙겠습니다. 그 말씀은 그러니까 지금 저희가 단 명찰을 떼라는 겁니까? 저희한테 그렇게 명령하고 싶으신 거죠?”

어른 같은 말투로 야마오 다다시가 거침없이 물었다.

우아!

우리는 숨죽이고 야마오 다다시를 바라보았다. 용기가 대단하다.

설마 이런 분위기에서 학생이 당당하게 발언하리라고는 생각하지 못했을 것이다. 교감 선생님은 할 말을 잃었는지 잠시 잠자코 있더니 다시 입을 열었다.

“누가 명령이라고 했나요? 하지만 뭐, 그런 셈이에요. 방금 여러분이 달고 있는 것을 가리켜 명찰이라고 했죠? 하지만 그 말은 앞뒤가 맞지 않아요. 애초에 명찰은 학교에서 지정해 주는 거니까요. 더구나 여러분이 달고 있는 것들 중에는 괴롭힘의 대상이 될 만한 것도 있는 것 같고요.”

여기까지 말하고 교감은 이구로 기코를 힐끗 보았다.

“…”

야마오 다다시는 이번에는 아무런 대꾸도 하지 않고 어

깨를 움츠렸다.

시미즈 유이토가 나직이 중얼거렸다.

"횡포라고 생각합니다."

사나다 유키오와 야마가미 시게아키도 한마디씩 거들었다.

"맞아. 진짜 횡포야."

"'님 호칭' 운동도 자기들 멋대로 하고."

교장실이 소란스러워졌다.

우리는 모두 이글이글 불타는 듯한 눈으로 어른들을 노려보았다. 이구로 기코도 과감히 얼굴을 들었다. 가쿠 유키토는 박수 대신 휠체어 바퀴를 두드렸다. 야마오 다다시의 당당한 태도가 우리에게 힘을 준 것이다.

선생님들은 마치 단속에 나선 경찰 같았다. 이름표를 단속하는 경찰. 우리가 이름표를 만들어 단 이유를 알려고 하지도 않으면서!

우리가 만든 이름표는 하나하나가 나름의 의미를, 사연을 담고 있다. 그러니 가볍게 'My 명찰'이라고 하지 않았으면 좋겠다. 우리가 어떤 마음으로 '별 이름표'를 다는지 알지도 못하면서, 알려고도 하지 않으면서.

우리들의 이야기를 들으려고 하지도 않고, 누군가가 '강력한 의견'을 보냈다는―다시 말해 항의를 했다는―이유만으로 우리의 이름표를 빼앗아 가겠다고? 그만두지 않으면

혼내겠다고 유치원 아이들에게 할 법한 으름장을 놓는 거나 마찬가지잖아? 우리가 왜 이런 일을 하고 있는지 생각조차 하지 않아!

그 의견이란 게 뭔데?

누가 괴롭힘을 당한다는 거야.

선생이라는 이유로, 학부모라는 이유로 어른들이 중학생에게 이것저것 강요하는 것은 괴롭힘이 아니고?

교감은 몹시 못마땅한 얼굴이었지만 교장은 아랑곳하지 않고 팔락팔락 부채질을 하면서 난감한 얼굴로 상황을 지켜보고 있다. 그다지 자기주장을 하지 않는 타입인 모양이다. 내내 잠자코 서 있던 헤이하치 선생님이 불쑥 입을 열었다.

"이 일에 관해서는 일단 저희 담임들에게 맡겨 주셨으면 합니다. 이 아이들한테도 할 말이 있을 거라고 생각합니다. 실제로 새로운 명찰을 착용하는 일로 자신감을 얻은 학생도 있습니다. 솔직히 저도, 당사자들이 말하는 것처럼 다짜고짜 금지시키는 것은 지나친 처사가 아닌가 싶습니다."

우리는 어안이 벙벙하여 헤이하치 선생님을 보았다.

왠지 가슴이 불끈 뜨거워진다. 무사안일주의자 헤이하치 선생님이, 교사보다는 월급쟁이에 가까운 느낌이었던 헤이하치 선생님이 교장과 교감 선생님 앞에서 우리를 감싸 주었다.

교장 선생님은 지금이 기회라는 듯이 고개를 끄덕였다. 왠지 안도하는 얼굴이다.

"그게 좋겠군요. 한 번 더 다 같이 잘 생각해 보세요. 선생님들, 그럼 잘 부탁합니다."

그 한마디로 교장실에서의 대결은 싱겁게 끝나고 말았다. 우리 가슴팍에는 여전히 '별 이름표'가 기세등등하게 달려 있다.

승리감에 도취된 우리와 달리 1학년 담임선생님 둘은 교장실을 나오자마자 크게 한숨을 내쉬었다.

"잘 들어라, 특별히 너희들을 편들어 준 게 아니다. 그리고 교칙을 위반한 건 사실이야."

애니메이션에 나오는 츤데레 캐릭터 같은 말투로 헤이하치 선생님이 말했다.

교실로 돌아오자 웬일로 이구로 기코가 내 책상으로 찾아왔다.

"무슨 일이야?"

물어도 대답을 하려고 하지 않는다.

반 애들 모두가 이구로 기코와 나를 보고 있다. 평소에는 볼 수 없는 조합이기 때문에 더더욱 눈길을 끄는 거다.

사에도 싸늘한 얼굴로 우리 둘을 보고 있다. 마음이 찜찜하다.

사에하고는 아침부터 눈도 마주치지 않고 있다. 몇 번 말을 건네려고 했지만 완전히 무시하기로 작정한 듯한 모습에 나도 마음을 접고 말았다. 빨리 화해하고 싶은데 좀처럼 기회가 없다.

내 가슴팍을 한참 동안이나 잠자코 바라보던 이구로 기코가 마침내 입을 열었다.

"아까 교장실에 불려 간 거 아마 나 때문일 거야."

"뭐?"

깜짝 놀라는 내 앞에서 이구로 기코는 깊은 한숨을 내쉬었다.

"그게 말이야, 우리 아빠 때문일 거야. 학교에 제일 먼저 전화한 게 우리 아빠 같거든. 그게 다가 아냐. 교감 선생님이랑 아빠가 그저께 〈북 카페 테후테후〉에 갔나 봐."

"뭐어어?"

나는 이번에는 크게 소리치고 말았다.

주위의 따가운 시선을 느끼고 화들짝 놀라 소곤소곤 물었다.

"아니, 〈테후테후〉엔 왜!?"

"아빠가 학교에 거세게 항의했나 봐. 학생들이 하굣길에 건전하지 못한 곳에 들르는 것을 학교가 방관한다고. 우리 아빠도 선생님들도 〈테후테후〉에서 좋아하는 이름을 쓰는 규칙이나 아스카 씨의 자유로운 발언 같은 게 우리 학교의 이름표 사건에 영향을 미쳤다고 생각하고 있어."

"말도 안 돼. 완전 어이없네."

화를 내면서 나는 〈테후테후〉의 문에 붙었던 '당분간 휴업합니다'라는 안내문을 떠올렸다.

"그럼, 〈테후테후〉가 지금 문을 닫은 게…."

이구로 기코는 평소보다 더 생기 없는, 유령 같은 얼굴로 고개를 끄덕였다.

"응. 아마도."

우리 둘은 잠시 입을 다물고는 아무 말도 하지 않았다.

어쩐지 어제 아스카 씨의 말이 애매하더라니. 그땐 이미 학교와는 이야기가 끝났다는 건가. 아스카 씨는 내가 걱정할까 봐 자세한 이야기를 해 주지 않았던 거다.

아스카 씨에게 너무나 민폐를 끼쳤다고 생각하니 마음이 무척 괴로웠다.

나는 말했다.

"아스카 씨의 생각이 자유롭고, 또 그 생각을 자유롭게 표현하는 건 맞는데…. 하지만 자유롭게 말하지 못하는 게 문제 아냐?"

"맞아. 그리고 우리가 〈테후테후〉에서 뭘 하건 결국 우리가 결정하는 거잖아. 그걸 아스카 씨에게 찾아가서 따졌다니 정말 비겁해, 그 꼰대."

INK는 당찬 눈빛으로 내뱉었다. 아빠한테 꼰대라니.

이구로 기코의 아빠는 초등학교 때, '아버지회'에서 회장을 맡기도 했고, 육성회의 임원이기도 했다. 게다가 지역 유지인 모양이다. 그래, 그걸로 아이가 비행에 얽혀 있다는 이유로 항의 방문을 할 수 있는 자격이 있다고 치자.

하지만 당사자인 우리가 아닌 아스카 씨를 찾아갔다는 것은 역시 우리를 무시했다는 증거다. 중학생은 대화의 상대로 여기지 않기 때문에 어른들끼리 이야기한 것이다. 우리를 단지 반숙 달걀 정도로 여기는 거다.

그나저나 이구로 기코도 〈테후테후〉에 다녔다니. 그 깡통 이름표 통 안에 의미없는애도 들어 있었나.

이구로 기코는 다시 깊게 숨을 내쉬고 나서 말했다.

"내가 이름표에 의미없는애라고 썼는데도 아스카 씨는 그걸 떼라거나, 그런 이름은 쓰지 말라고 하지 않았어. SGM 너도 그랬고. 넌 의미없는애 대신 마음이 편해지는 다른 별명을 붙여 줬어. 나를 이해해 줬어. 부정하려 들지 않고."

"응. 아스카 씨는 그런 사람이지."

처음 만났을 때부터 느꼈지만 아스카 씨한테는 별난 구석이 있었다.

〈테후테후〉 사건에서 확실해진 것이 있다. 교장실 사건만이 아니다. 우리가 모르는 곳에서 어른들의 역습이 시작되고 있다.

아까 교장실에서는 MINE.com 이야기는 나오지 않았다. 맹주 비오와 〈어린 왕자 동맹〉의 존재는 아직 선생님들도 모르고 있을 것이다. 내가 그렇게 말하자 이구로 기코는 힘주어 고개를 끄덕였다.

"응, 나도 그렇게 생각해. 아무튼 맹주 비오는 어떻게든 꼭 지켜야 해. 반드시. 어른들 뜻대로 되게 해서는 안 돼. 전쟁은 이미 시작됐다고."

이구로 기코는 마치 조폭 영화의 두목처럼 말했다. 평소에는 표정 변화가 거의 없는 INK가, 예열된 오븐처럼 뜨거운 목소리로.

전쟁이라는 말의 과격한 울림에 조금 움찔했지만 나는 왠지 공감이 됐다.

그렇다. 이건 분명 전쟁이다.

우리의 '별 이름'이 살아남을지, 학교와 어른의 강요에 짓눌려 사라질지가 걸려 있는 전쟁이다.

이구로 기코와 나는 누가 먼저랄 것도 없이 서로 고개를 끄덕였다.

쉬는 시간이 거의 끝나 갈 무렵 HONDA CB400 슈퍼 포,

곧 하타노 세이주의 목소리가 온 교실에 다 들리도록 크게 울려 퍼졌다.

"뭐야! 너 스마트폰도 없어? 어우, 촌스러워라."

과장되게 낄낄거리면서 가리킨 것은 시오다 도루라는 남자애였다. 초등학교 3학년과 4학년 때 같은 반이었던 어른스러운 애다. 스마트폰이 없다고 꼬투리를 잡힌 시오다 도루는 HONDA CB400 슈퍼를 노려보았다.

"스마트폰 없는 게 잘못이냐?"

"아, 알았어. 내 말은, 그러니까 우리 무리에 못 들어온다는 거지."

HONDA CB400은 가슴팍에 단 '별 이름표'를 과시하듯 찔러 보였다. 시오다 도루의 얼굴이 빨개졌다.

아, 어째 분위기가 심상치 않다.

나는 교실을 둘러보았다.

몇몇 아이들은 얼굴에 불편한 기색을 고스란히 드러내고 있다. 하나같이 동맹 멤버가 아니다.

전부 스물세 명인 1학년 1반에 〈어린 왕자 동맹〉 멤버는 열네 명. 오히려 '보통'의 학교 이름표를 달고 있는 아이가 소수파였다.

다른 동맹 멤버 몇 명도 HONDA CB처럼 히죽댔다. 그 애들도 고개를 떨군 시오다 도루를 둘러싸고 HONDA에게 가세했다.

"뭐야. 보통 이름표잖아? 이거 이거 이래서는 안 되는 거 아닙니까. 선생이나 학교가 시키는 대로 하자는 거야?"

"시오다, 앞으로 너한테 '시오다 님'이라고 부를까?"

크하하하, 하고 웃음소리가 울려 퍼질 때마다 시오다 도루는 주먹을 불끈불끈 쥐었다.

충격을 받은 나는 한동안 입을 열지 못했다.

떼거리로 합세하여 막말 대잔치를 벌이고 있다. '님 호칭' 운동과 〈어린 왕자 동맹〉이 시작되기 전에는 시오다 도루가 이런 식으로 놀림당한 적은 없었다.

나는 가까스로 일어나 HON과 그 패거리들을 향해 소리쳤다.

"야, 400. 그만해!"

하타노 세이주가 고개를 돌려 나를 보았다. 정확히는 내 이름표를 보았다. 마치 자기편인지 아닌지를 확인하는 듯한 표정이었다.

"뭐냐, SGM. 400이 뭐야, 멋대로 줄여 부르지 마."

"아 그러셔, 혼다. 스마트폰 없다고 사람을 바보 취급하기냐? 혼다, 왜 그렇게 촌스럽게 구냐. MINE.com을 하지 않는 게 뭐 어떻다는 거야? 혼다!"

"혼다 혼다 하지 말라고."

"그렇게 불리고 싶잖아? 자랑스럽게 그 이름표까지 달고 계시면서 뭘 그래."

흥분하는 혼다에게 집게손가락을 들이댔다. 혼다의 얼굴이 새빨개졌다.

"야 너! 맹주 비오를 배신할 셈이냐?"

혼다는 대화방의 비밀을 지킬 생각이 없는 모양이었다. 나도 남 얘기할 처지는 아니지만.

좋아, 그렇게 나온다 이거지, 하고 그만 목소리를 곤두세웠다.

"맹주 비오는 좋아하는 이름을 쓰자고 말했을 뿐이야. 동참하지 않는 애들을 괴롭히자는 말은 안 했잖아?"

"누가 괴롭혔다고 그래! 장난 좀 친 거뿐이라고."

혼다는 소리쳤다. 의외라는 표정이다. 장난 좀 친 거뿐이라고, 남을 괴롭히는 자식들은 하나같이 똑같은 소리를 한다. 무슨 긴타로 사탕(어디를 잘라도 같은 긴타로의 얼굴이 나오도록 만든 막대 사탕: 옮긴이)이냐고.

"나는 '별 이름표'를 가슴에 달면 엄청 기분 좋거든. 아까 교장실에서도 얼마나 후련했는지 몰라. 선생님들한테도 하고 싶은 말을 할 수 있게 된 것 같고 말이야. 좋은 일이니까 모두 동맹에 들어와야 하는 거 아냐? 안 들어오는 녀석들은 학교 편이라고."

대담해진 혼다가 이번에는 나를 향해 손가락질하며 떠들어 댔다.

"SGM, 〈어린 왕자 동맹〉이란 이름은 네가 지었잖아. '님'

편들을 거면 대화방 탈퇴하던가. 이 배신자야!"

심장 박동이 빨라진다.

아직 4월인데 등에 땀이 줄줄 흐른다.

배신자라니, 그게 무슨 말이야? 도저히 이해가 안 된다. 불쾌감이 스멀스멀 올라온다. 보고 있던 그림이 별안간 거꾸로 뒤집어진 것 같은 기분이다. '좋은 일'이었던 것이 어느새 뒤집어져 다른 누군가를 따돌리려 한다.

학교 편은 또 무슨 말인가?

맹주 비오. 이 학교에 있어?

지금, 우리가 하는 짓거리를 보고 있는 거야?

나는 맹주는 아니지만 비오가 이런 모습을 절대 바라지 않을 거라고 생각한다. '별 이름'을 쓰는 애들이 늘어나면서 누군가를 따돌리는 일이 일어날 거라고는 상상도 못 했다.

이것은, 이런 건 내가 하고 싶었던 일이 아니다. 아마 맹주 비오가 하고 싶었던 일도 아닐 거다. 오히려 맹주 비오는 이런 일을 싫어할 거다. 그런 확신이 든다.

나직하지만 위협적인 목소리가 들려왔다.

"야, 혼다. 그쯤 해 두지."

언제 왔는지 옆에 시미즈 유이토가 서 있었다. 언제든 덤벼라, 상대해 주마, 하는 분위기로.

오이카와 류세이까지 나직이 지원 사격에 나섰다.

"방금 그 말, 진심? 아 짜증 나네. 한심하다 진짜."

교실에서 당장 〈고질라〉의 테마곡이 흘러나와도 이상하지 않을 정도로 분위기가 긴박해졌을 때 영어 선생님이 들어왔다.

굿모닝으로 시작하여 오늘의 단어 fine을 배웠다. 선생님을 따라 "잇츠 파인 투데이"라고 소리 내어 읽으면서도 마음속에 뭉게뭉게 피어오른 잿빛 구름은 전혀 걷히지 않았다.

5교시 수업이 끝나고 쉬는 시간이 되자마자 교실 여기저기에서 무음 모드로 되어 있던 휴대폰이 부우우웅 진동하는 소리가 났다. 내 가방 속에서도.

휴대폰을 꺼내 확인해 보니, 〈어린 왕자 동맹〉의 알림이 도착해 있었다. 맹주 비오가 보낸 전체 메시지였다.

맹주 비오가 양배추밭 고양이들에게 알림

입을 다물어라, 다물어라, 다물어라.
별 이름을 가진 자는 괴롭힘과 차별을 결코 용납하지 않는다.
별 이름을 가진 자는 불관용을 결코 용납하지 않는다.
너희가 자유로운 것만큼 다른 사람도 자유롭다.
그것을 이해하지 못하는 자는 별 이름을 버리고,
동맹을 떠나라.

글에서 분노가 확실하게 느껴졌다.

'별 이름표'를 단 멤버 모두가 휴대폰을 들여다보고 있었다. 비공개 계정 Chaeyong으로 가입한 사에도. 시오다 도루를 비롯해 대화방에 가입하지 않은 애들은 무슨 일인가 싶어 어리둥절한 얼굴이다.

시미즈 유이토가 내 자리로 와서 속닥속닥 말했다.

"이제 확실해졌어. 맹주 비오는 우리 반에 있어."

나는 고개를 끄덕였다.

역시 비오는 오늘의 사건을 처음부터 끝까지 지켜보고 있었다. 우리 반 애가 확실하다. 지금, 여기 '별 이름표'를 단 멤버 중에 있는 거야?

그렇다면, 누구지!?

전에 아빠가 말했다, 어떤 일에 화를 내는지 보면 그 사람의 진짜 성격을 알 수 있다고. 비오는 누군가가 무시당하거나 업신여김당할 때 화를 내고, 분명하게 안 된다고 잘라 말했다. 그러니까 비오는 그런 애일 것이다.

정체불명의 맹주 비오.

그 애는 지금 슬픈 얼굴을 하고 있을 것 같다.

그 후의 교실 분위기는 끔찍했다.

'별 이름표'를 달지 않은 애들은 골치 아픈 일에 말려들기 싫지만 따돌림당하는 것도 싫다는 불안한 얼굴이었고, 나를 포함한 〈어린 왕자 동맹〉의 멤버들은 불편한 기색을 감추지 못하고 있었다. 방금 우리 반을 찢어서 먹는 치즈처럼 둘로 갈라놓았다는 생각을 지울 수 없었기 때문이다.

특히 혼다는 우러러보던 맹주 비오에게 한 소리를 들은 것에 충격받은 모양이었다.

하지만 결정타라는 건 마지막에 오기 때문에 결정타인 거다.

운명적인 적이 습격해 온 건 다음 날 종례 시간이었다.

1학년 1반의 종례 시간은 대체로 헤이하치 선생님의 쓸데없는 잔소리로 시작되어 시답잖은 이야기로 끝난다. 가끔 유튜버 이야기 같은 것을 꺼내곤 하는데, 우리에게 친근감을 주려고 하는 게 빤히 보인다. 하지만 딱하게도 대부분은 한물간 이야기일 뿐 아니라 별 공감도 얻지 못하는 엉뚱한 내용들이었다.

하지만 이날은 달랐다.

헤이하치 선생님 뒤에서 우리 모리중 교복을 입은, 하지만 아주 어른스러워 보이는 학생 세 명이 따라 들어왔다. 여학생 둘에 남학생 한 명.

달고 있는 학교 이름표 색깔을 보고 바로 3학년들이라는 것을 알았다. 키가 큰 여자 선배는 입학식 때 재학생 대표

157

로 연설을 한 사람이었다. 아마도 학생회 임원일 것이다.

아무런 예고 없이 교실에 들이닥친 3학년들은 살짝 긴장한 기색이었고, 셋 다 어쩐지 못마땅한 표정이었다.

(이제는 학생들을 '너희들'이 아닌 '여러분'이라고 부르게 된) 헤이하치 선생님은 곤혹스러운 얼굴로 교실을 둘러보고 나서 입을 열었다.

"갑작스럽지만, 3학년 학생들이 여러분들에게 할 말이 있다고 합니다. 3학년 담임선생님도 허락하신 일이기 때문에 직접 오도록 했어요. 자 그럼, 말해 봐요."

선생님이 그렇게 말하자 키 큰 여자 선배가 고개를 끄덕였다. 사람들 앞에서 말하는 게 익숙한 듯, 낭랑한 목소리로 이야기를 시작했다.

"3학년 2반의 다카하시 유에입니다. 오늘은 이 반에서 시작된 독창적인 명찰을 착용하는 운동에 대해서 이야기하러 왔습니다. 이 반 다음에는 2반 그리고 2학년 교실에도 갈 것입니다. 솔직히 말하면, 우리는 이 소동을 멈춰 주길 바라고 있습니다."

교실 분위기는 대번에 얼어붙었다.

너무나 놀라서 나도 모르게 몇 번이나 눈을 깜박거렸다. 무슨 말이지?

선생님이 그런 말을 한다면 그나마 이해하겠지만, 학년이 다르다고는 해도 같은 학생인데 이런 말을 하다니. 전혀 예상하지 못한 방향에서 화살이 날아온 느낌이다.

남자 선배가 다카하시 선배의 말을 받아 이어 나갔다.

"으음. 다들 알고 있을 거라 생각하는데, 우리 학교에서는 지금, '님 호칭' 운동을 벌이고 있습니다. 서로의 성에 님을 붙여서 정중하게, 가급적 대등한 느낌으로 부르자는 취지입니다. 그런데 이 반이나 다른 반의 일부 학생들이 전혀 다른 행동을 한다면, 운동의 취지가 퇴색될 뿐 아니라 교내에 위화감이 조성되지 않을까요?"

이번에는 또 한 명의 여자 선배가 나섰다. 팔짱을 끼고는 교실 전체를 노려보듯 훑는다.

"솔직히 말하면, 나는 쓸데없는 짓 하지 말라고 말하고 싶다. 1학년은 아직 실감이 나지 않겠지만 3학년은 이제 입시 준비를 해야 하거든. 아무리 지금이 학년 초라지만 공부에 집중하는 분위기가 흐트러지는 건 싫어. 학생회는 주로 3학년이 맡아서 운영하고 있는데, 만일 이번 일 때문에 내신 성적이 떨어지기라도 한다면 학생회 차원에서 그냥 넘어가지 않을 거다. 이건 교칙 위반과 관련된 문제니까."

"방금 그 말은, 3학년 전체 의견인가?"

헤이하치 선생님이 조용히 물었다.

나를 포함하여 우리 반 아이들은 어른스러운 3학년 선배들이 교실에 들어온 것만으로도 불안해서 안절부절못하고 있었다.

다카하시 선배가 대답했다.

"저희들은 여기 오기 전에 먼저 3학년 두 반의 의견을 들었습니다. 두 반 모두 1학년이 규정 외의 명찰을 착용하는 것에 반대한다는 의견이었습니다. 그러니까 3학년 전체 의견이라고 생각하셔도 됩니다."

그건….

결국, 3학년 전교생을 대표하여 우리 1학년에게 '교칙으로 정한 명찰을 달고, 이름에 님을 붙여 불러라'고 말하러 온 것이었다.

선배들은 '님 호칭' 운동 추진파였던 거다.

"으음, 무슨 말인지는 알았다. 우리 반에서도 이야기해 보도록 하겠다."

헤이하치 선생님의 말에 3학년들이 교실을 나갔다. 문이 닫히기 직전에 다카하시 선배가 고개 숙여 인사하고 말했다.

"트집 잡는 것 같아서 미안합니다. 여러분에게는 여러분의 생각이 있을 거라고 생각합니다. 하지만 우리는 교칙은 당연히 지켜야 한다고 생각합니다. 이제부터 1학년 여러분들도 함께 이야기해 보면 고맙겠습니다."

문이 완전히 닫히기도 전에 교실 안은 웅성거리기 시작했다.

"뭐라는 거야. 이건 결투장이네, 결투장."

곧바로 그렇게 소리친 것은 오이카와 류세이였다.

"3학년이면 다야? 어디 와서 재수 없게 거들먹거려!"

그 말에 동조하는 애들도 있었다. 몇 명이 "맞아 맞아" 하면서 고개를 끄덕였다.

상급생에게 그런 말을 들으면 누구라도 발끈할 것이다. 위에서 압박을 주면 화가 치밀어 오르는 것은 당연하다. 교실을 나가기 전에 "여러분들도 함께 이야기해 보면 고맙겠습니다"라고 말했던 다카하시 선배는 강압적인 느낌은 아니었지만.

단지 생각이 다를 뿐이다.

'사실, 우리가 교칙 위반을 한 것도 맞고.'

게다가 우리 반 애들의 생각도 다양하다. 한마음 한뜻은 아니다. 모두가 맹주 비오에 심취해 있는 것은 아니니까. 어제 문제가 된 것처럼 애초에 〈어린 왕자 동맹〉의 대화방 자체를 몰랐던 애도 있다.

헤이하치 선생님이 한 손을 들고 말했다.

"어때? 원래대로라면 지금 종례를 끝내야 하지만 오늘은 다 같이 좀 더 남아서, '님 호칭' 운동과 그 My 명찰에 대해 함께 이야기해 보지 않겠나?"

My 명찰이라는 부분에서 선생님은 잠시 머뭇거렸다. 교장실에서는 우리를 감싸 주었지만 우리가 하는 일을 납득하지는 못하겠다는 얼굴이다.

헤이하치 선생님의 장점은 일단 우리 이야기를 들어 준다는 거다. 늘 태도가 애매모호하고, 게다가 반드시 우리 편에 서 주는 것도 아니다. 하지만 우리 이야기를 들어 준다는 사실 하나만으로도 고맙긴 하다.

우리 반에는 잠자코 있지 못하는 학생이 많은 것 같다. 저마다 손을 들지도 않고 자기 생각을 소리 내어 말하기 시작했다. 이러다 동아리에 늦겠다며 오만상을 찌푸리던 아이들도 기회를 잡았다는 듯이 한마디씩 던진다.

"나는 님을 붙여 부르는 것에 찬성이야. 초등학교 때 이상한 별명이 붙어서 괴롭힘당하는 애들을 많이 봤거든."

"나도 그런 거 같아. 이상하게 부르면서 놀리는 것보다 낫다고 생각해."

반대 의견도 나왔다.

"내 생각엔 척할 뿐일 거 같은데. 학교에서는 깍듯이 님을 붙여 부르면서, 인터넷이나 SNS 같은 데서는 얼마든지 장난칠 수 있잖아?"

"아, 나도 그렇게 생각해. 인터넷이나 SNS에서 이름 가지고 놀리거나 괴롭혀도 사람들이 잘 모를 수 있거든, 하는 쪽도 쉽게 멈추지 못할 수도 있고. 오히려 명분만 줄 수도 있다고 봐. 실제로는 놀려 놓고도 꼬박꼬박 님을 붙여 부르니까 존중하는 거 아니냐고 오히려 큰소리칠 수도 있다는 거지. 아무래도 그렇게 되지 않을까 싶은데."

"직접 만든 이름표에 쓴 이름들은 누가 붙여 준 것이 아닌, 자신들이 쓰고 싶은 이름이란 느낌이야. 자기주장을 담았다고 해야 하나."

자기주장이라는 말에 반응한 예스 배리어 프리, 곧 가쿠 유키토가 이때다 싶었는지 말했다.

"맞아 맞아. 예전부터 생각은 했지만 말하지 못했던 걸 주장할 수 있게 된 기분이야."

몇몇이 동감이라는 듯이 고개를 끄덕인다.

반대로 동의하지 못하겠다는 듯이 고개를 갸웃거리는 애도 있다.

"쓰고 싶은 이름, 근데 내 생각에는 불리고 싶은 이름인 것 같은데."

"쓰고 싶은 이름이나 불리고 싶은 이름이나 그게 그거 같은데."

"내 이름이 싫어서 시작했는데 지금은 좋아하는 이름을 쓰고 있어. 이젠 내 이름이 좋아진 것 같기도 해."

무슨 소리냐, 하고 누군가가 핀잔을 주자 여기저기서 와르르 웃음이 터졌다.

혼다, 곧 하타노 세이주가 소리를 높인다.

"참, 외국계 기업에 다니는 우리 고모한테 들었는데, 그 회사에서는 각자 불리고 싶은 이름으로 불러 준대. 이번 설에 만났을 때 들었어."

갑자기 흥미를 보인 것은 사회인인 헤이하치 선생님이
었다.

"무슨 말이지, 그게?"

"회사에 들어가면, 자기가 불리고 싶은 이름을 주소록
같은 데에 공유하나 봐요. 닉네임을 쓰기도 하고 이름을 쓰
는 사람도 있대요. 그거 '별 이름'이랑 비슷한 거 아니에요?
아 참고로, 고모는 엘리자베스라고 불린대요."

"엘리자베스라거!"

선생님이 요즘 유행하는 개그맨 흉내를 내자 다시 웃음
이 일었다. 이름을 가지고 웃으면 안 되지만 장난거리로 삼
고 싶은 기분은 이해한다.

나는 조금 압도당하는 기분으로 모두의 의견을 들었다.
입학식 다음 날, 헤이하치 선생님이 '님 호칭' 운동에 대해
알렸을 때도 오늘처럼 다 같이 이야기를 나누었다. 모두들
그때보다 한층 생각이 깊어진 느낌이다.

이름에 저주가 걸린 것 같았어.

한때 나는 그런 생각까지도 했다. 다른 애들도 내색하지
않았을 뿐이지 저마다 '이름'에 대해 진지하게 생각해 왔는
지도 모른다.

헤이하치 선생님은 연신 고개를 흔들기도 하고, 손을 멈
추기도 하면서 칠판에 이렇게 썼다.

자신의 이름:

　좋아한다　／　싫어한다

　호적상 이름

　쓰고 싶은 이름

　불리고 싶은 이름

　자기주장

　정체성

'님 호칭' 운동:

　평등

　사람을 존중하는 행동

　인터넷이나 SNS 등에서 멋대로 부를 수 있다

　님을 붙여 부르면 존중하는 척할 수가 있다?

　운동을 계속한다　／　계속하지 않는다

마음의 외침

'마음의 외침?'

나는 마음속으로 고개를 갸웃거렸다.

그런 의견은 아무도 내지 않았는데요?

헤이하치 선생님이 헛기침을 하고 입을 열었다.

"뜻밖이라고 생각할지 모르겠는데, 선생님은 여러분의

묘한… 이런."

말을 하다 말고 '나도 모르게 진심이?'라는 듯이 놀란 얼굴이다.

"미안. 여러분의, 그 독창적인 명찰. 그것도 전부 다 나쁘다고는 생각하지 않는다. 다만, 교칙 위반은 안 돼. 나도 처음에는 무슨 말도 안 되는 일을 하는 건가 싶었는데…. 앗 이런."

헤이하치 선생님 입에서 '이런'이 너무 자주 나온다. 선생님은 집게손가락으로 코밑을 문지르면서 우물우물 말을 이었다.

"하지만 여러분들의 모습을 보는 동안 교사로서, 한 인간으로서 배울 점이 많았다. 여러분들의 그 명찰은 마음의 외침일 수도 있겠구나 하는 생각이 들었거든. 뭐 순전히 개인적인 감상이지만."

교실 안이 다시 잠잠해졌다.

무슨 말이 그렇게 많아! 완전 도덕 교과서잖아! 그렇게 딴지를 걸고 싶을 정도로 고리타분한 이야기였다. 속이 느글거리는 것 같다. 하지만 웬일인지 아무도 고리타분하다거나 짜증 난다거나 촌스럽다고 투덜거리지 않았다.

외침!

우리는 자신의 이름을 거부하고 '별 이름'을 쓰는 동안 무슨 생각을 한 것일까. 누군가 우리 마음을 알아주길 바란 건가? 우리 이야기를 들어 주기를 바란 건가?

나는 칠판에 적힌 내용을 뚫어져라 보았다.

쓰고 싶은 이름. 불리고 싶은 이름.

눈이 확 트이는 느낌이었다.

'별 이름'은 단지 '쓰고 싶은 이름'일 뿐이라고 생각했다. 쓰고 싶은 이름이란 주위 사람에게 불리고 싶은 이름과 같을지도 모른다. 누군가와 관계를 맺지 않으면 애초에 이름 같은 건 필요조차 없다.

슬그머니 교실을 둘러보았다.

모두들 아까부터 발언은 하지 않지만 아주 진지하게 이야기를 듣고 있다. 저마다 드러내지 않을 뿐 분명 뭔가 사연이 있을 것이다.

친엄마와 함께 갔던 놀이공원에서의 즐거운 추억을 생각하며 지은 닌자 99. 의미없는애라는 이름을 쓰는 이구로 기코. 꽁꽁 숨겨 뒀던 또 하나의 이름을 쓰는 Chaeyong. 가쿠 유키토가 휠체어로 자유롭게 이동할 수 있도록 학교 환경을 바꾸어 미술부에 들어가고 싶다는 소망을 담아 지은 예스 배리어 프리.

온라인 게임의 주인공 이름을 쓰는 오이카와 류세이조차도 무슨 생각으로 그 이름을 지었는지 묻지 않으면 알 수 없다.

나도 그렇고 다른 애들도 모두 이름에 대해, 자신에 대

167

해 많은 생각을 하고 있다.

자세히 묻지는 못했지만 진로에 대해서 진지하게 생각해야 하는 3학년들도 마찬가지일 것이다.

모두가 납득할 수 있는 좋은 답이 있지 않을까.

'아!'

좋은 생각이 났다!

"저요!"

나는 할 말을 정리도 하지 않은 채 번쩍 손을 들었다.

그리고 교실 구석구석까지 또렷이 들릴 정도로 큰 소리로 말해 버렸다.

"전교생 투표를 하는 게 어떨까요?"

교실의 모든 눈이 일제히 내게 쏠렸다.

"전교생 투표라니, 무슨 말이지?" 하고 헤이하치 선생님이 묻는다.

나는 자신만만하게 설명했다.

"모리중 학생 한 명 한 명이 투표를 하는 겁니다. '님 호칭' 운동과 독창적인 이름표, 어느 쪽으로 하고 싶은지 투표로 결정하는 거죠."

오오! 하고 환호성이 터져 나왔다.

그래. 우리의 일이니 우리 학생들도 결정할 권리가 있다. 3학년은 '님 호칭' 운동을 지지하는 사람이 많다고 했지만, 2학년도 있으니 결과는 알 수 없다.

"그리고 〈북 카페 테후테후〉를 휴업하도록 압박한 것은 이해할 수 없습니다. 이 문제는 아스카 씨, 카페 사장님하고는 관계없으니까요."

여기저기서 "맞아 맞아!" 하고 동감을 표시하는 목소리가 일었다.

어쩐지 이대로 흘러가다가는 내가 맹주 비오로 오해받을 것 같은 분위기다.

'미안, INK.'

나는 사과하는 마음으로 이구로 기코 쪽을 보았다.

교감 선생님과 함께 아스카 씨를 찾아가 불만을 표시했던 사람은 이구로 기코의 아빠였다. INK는 웃음기 없는 진지한 얼굴로 깊숙이 고개를 끄덕였다.

'신경 쓰지 마.'

그렇게 말하는 것 같아서 마음이 놓였다.

문득 시선을 느끼고 돌아보았다가 피식 웃고 있는 닌자 99와 눈이 마주쳤다. 나도 안다고, "아, 이 멧돼지가 또."라고 핀잔하고 싶은 거잖아?

"먼저, 북 카페 일 말인데, 학교에서 영업을 하라 마라 할 수는 없어. 선생님들도 휴업했다는 말을 듣고 깜짝 놀랐다. 학교 쪽에서 말한 걸 카페에서 어떻게 받아들였는지 모르겠는데, 사장님을 만나서 다시 한번 이야기해 보겠다."

헤이하치 선생님은 팔짱을 낀 채로 입을 앙다물었다.

"전교생 투표, 그러니까 주민 투표 같은 건가. 으음. 마음은 알겠는데 아마 어려울 거다. 그런 걸 한 전례가 없어서."

지금까지 교칙에 대해 학생이 의견을 내거나, 하물며 투표로 결정했던 적은 없었단다.

그럼, 전례가 없다면 만들면 되잖아요!?

우리의 무언의 압박이 견디기 힘들었는지 헤이하치 선생님이 한숨을 내쉬었다.

"아 또 성가신 일을… 이런. 알았다, 교무회의에서 제안해 보긴 하겠지만 기대는 하지 마라."

현관문을 열자마자 세이 쇼나곤의 부드러운 몸이 다리에 엉겨 붙는다. 야옹야옹 어리광 섞인 울음소리와 함께. 내 발소리를 알아듣고 현관에 나와 기다리고 있었던 모양이다.

"다녀왔어, 세이 쇼나곤."

엉덩이를 팡팡 두드려 주자 기분이 좋은지 기지개를 쭉 켠다. 가방을 내려놓고 나도 따라서 기지개를 켜고 나서야 겨우 한숨 돌릴 수 있었다.

어제부터 마치 제트코스터라도 타고 있는 기분이다.

〈북 카페 테후테후〉가 휴업한 이유. 교장실 호출 사건. '별 이름' 때문에 따돌림이 일어났는가 하면 오늘은 3학년 선배들이 찾아와서 으름장을 놓고 갔다. 결국 학급회의가 열리게 됐고, 나는 그 자리에서 전교생 투표까지 제안했고.

한숨을 쉬면서 부엌으로 가자 식탁 밑에서 엄마가 나를 기다리고 있다. 오늘은 몸이 좋지 않아서 회사에 가지 않았다고 한다.

오래 입어 낡은 스웨터 같은, 화장기 없는 푸석한 얼굴로 나를 올려다본다.

"어서 와, 미온. 냉장고에 푸딩 있어."

그거, 내가 어제 마트에서 사다 넣어 둔 푸딩이거든.

속으로 그렇게 쏘아붙이면서 세면대에 가지 않고 보란 듯이 부엌 개수대에서 손을 북북 씻었다.

냉장고에 넣어 둔 고양이 간식 추르를 꺼내 작은 접시에 짰다. 세이 쇼나곤이 냄새를 맡고 뒷발로 서서 기다린다. 머지않아 말도 할 수 있을 것 같다.

식탁 밑에 있는 엄마의 얼굴이 보이는 자리에 식탁 의자를 가져다 놓고 앉았다. 푸딩 뚜껑을 뽁 하고 따고는 커스터드 크림을 한 스푼 떠먹는다. 달다.

엄마는, 오늘은 요거트와 쿠션, 타월 이불, 지금 읽고 있는 책, 태블릿 PC까지 가지고 들어가 식탁 아래를 완전히 쾌적한 공간으로 만들어 놓았다.

답답해 보이긴 하지만 조금 즐거울 것도 같다. 나는 문득 생각한다. 보통 사람과 다를지 모르지만 이것이 우리 엄마라고.

엄마는 식탁 밑에서 불쑥 얼굴을 내밀고 나른한 미소를 짓는다.

"미온. 무슨 재미있는 일 있었니?"

나는 글쎄, 하고 생각했다.

"재미있는 일…. 맞다, 전교생 투표!"

"어, 무슨 투표?"

엄마의 눈이 반짝 빛났다. 엄마는 연예인 뉴스 같은 걸 좋아하는 만큼 남의 이야기가 나오면 엄청 관심을 보인다.

재미있는 것과는 조금 거리가 멀지만 솔직히 마음이 설레기는 한다. 나는 푸딩을 먹으면서 오늘 있었던 일을 간추려 들려주었다.

지금 학교에서 벌이고 있는 '님 호칭' 운동. 3학년 선배들의 불만 제기. 〈북 카페 테후테후〉가 강제 휴업에 들어갔다는 것. 그리고 〈어린 왕자 동맹〉의 대화방 이야기와 '별 이름'. 이 두 가지에 대해 이야기할 때는 나답지 않게 긴장이 됐다. 엄마에게 말할 생각이 없었기 때문이다.

아무리 그래도 내가 SGM이라는 이름을 쓴다는 말은 할 수 없었다. 하지만 마음속 어딘가에서는 엄마가 알았으면 하는 생각도 있기에 답답했다.

엄마는 간간이 맞장구를 치면서 내 이야기를 들었고, 다 듣고 나서는 길고 깊은 한숨을 쉬었다.

"그랬구나. 모리중도 많이 변했구나. 그래서? 그 전교생 투표는 이뤄질 것 같고? 헤이 짱은 뭐래?"

나는 고개를 갸우뚱했다.

"글쎄, 아직 몰라. 교무회의에서 제안해 보겠지만 기대는 말래. 전례가 없다고."

"처음에는 다 그렇지. 헤이 짱은 옛날부터 애매한 구석이 있었어. 없다면 만들 수밖에 없지."

나와 같은 생각을 하다니, 과연 우리 엄마다!

그렇게 감탄하는 사이, 엄마는 다시 식탁 밑으로 들어가 누웠다. 피곤한 모양이다.

나도 슬슬 저녁 준비를 해야지.

그렇게 생각하고 의자에서 막 일어나려는데, 온몸에 타월 이불을 둘둘 만 엄마가 연필처럼 굴러 나온다. 아, 무서.

바닥에서 나를 올려다보는 엄마 얼굴이 별안간 심각해진다.

"미온. 너도 그 뭐였지, '별 이름'을 쓰고 있는 거지?"

심장이 멎는 줄 알았다.

나는 기름칠이 안 된 양철 인형처럼 삐거덕삐거덕 고개를 끄덕였다.

"'별 이름'이 뭔지 말해 줄 수 있니?"

"S, G, M."

목소리가 조금 떨렸다.

소이소스 1호에서 바뀐 나의 '별 이름'.

적당한 이름을 만들어서 둘러댔으면 좋았을 테지만 거짓말을 할 수도 없었다. 엄마가 SGM의 의미를 모를 리 없다. 엄청 충격받았을 거다. 그 증거로 금방이라도 울 것처럼 얼굴을 일그러뜨리고 있다.

"SGM이라고. 엄마한테 내내 말하지 못했구나?"

나는 고개를 끄덕일 수조차 없었다. 마음속으로는 기도하듯이 외쳤다. 사과하지 마, 제발 사과하지 마….

지금 엄마의 그 입버릇을 듣게 되면 나는 제대로 서 있을 수조차 없을 것 같다.

"그래, 그랬구나."

엄마는 작게 중얼거리고는 둘둘 말고 있던 타월 이불을 풀고 일어났다. 그리고 입고 있던 운동복 바지를 벗고 소파 옆에 뱀 허물처럼 벗어 놓았던 출근용 바지를 입었다. 어디를 가려는지 외출 준비를 한다. 나는 절망적인 기분으로 속으로만 발을 동동 구른다.

"엄마, 어디 가게?"

"응? 마트. 세이 쇼나곤 간식이 떨어졌잖아. 저녁에 먹을 반찬도 사 올게, 따로 준비하지 마."

아무 일 없는 듯이 말하고 현관으로 가는 엄마를 바라본다. 나는 긴장한 나머지 차갑게 굳은 손으로 세이 쇼나곤을 안아 올렸다. 갑작스레 안아 주면 질색하는 우리 집 고양이님은 내 팔에서 빠져나가 재빨리 2층으로 줄행랑을 친다.

'말하지 말걸.'

나는 바닥이 보일 것 같은 전기 보온 주전자에 물을 채워 넣고 내 방으로 왔다.

침대에 누워 만화책을 펼쳤지만 말풍선 속 대사가 도무지 머릿속에 들어오지 않았다. 얼마나 시간이 흘렀을까, 현관에서 엄마의 발소리가 들렸다. 그때까지도 만화책은 여전히 같은 페이지였다.

#결전! 전교생 투표

이틀 후 금요일.

조회를 마치면서 헤이하치 선생님이 말을 꺼냈다.

"끝으로 전교생 투표 건 말인데. 교무회의에서 이야기를 나눈 결과, 한번 시험해 보는 것으로 의견이 모아졌다."

교실 안이 웅성거렸다.

헤이하치 선생님은 칠판에 나흘 뒤의 날짜를 썼다.

"전교생 투표일은 연휴 다음 날인 화요일, 4월 30일. 1교시 수업을 임시 전교생 회의 시간으로 대체하고, 체육관에 투표소를 마련할 거다. 지금부터 투표할 내용을 칠판에 쓸 테니까 확실하게 이해하고 투표에 임하도록."

'님 호칭' 운동을 도입하고,

학교 지정 이외의 명찰 착용을
금지하는 것에 대한 투표

헤이하치 선생님은 그렇게 큼직하게 쓰고 우리 쪽으로 돌아섰다.

"요컨대, '님 호칭' 운동 OK, 마이 명찰 NO라는 안에 찬성하느냐 반대하느냐를 묻는 거지. 이 안에 찬성하는 사람은 투표용지의 찬성란에 ○를, 반대하는 사람은 반대란에 ○를 하면 돼. 질문 있는 사람?"

"저요오" 하고 오이카와 류세이가 손을 들었다.

"만일 반대가 많으면 독창적인 이름표를 계속 달아도 되는 겁니까아?"

"그렇다."

오오, 하고 환호성이 터졌다.

투표를 제안한 나도 덩실덩실 춤이라도 추고 싶은 기분으로 힘껏 박수를 보냈다.

그런데, 기대하지 말라고 하더니 선생님들에게 무슨 바람이 분 걸까?

나와 눈이 마주친 선생님은 분필이 하얗게 묻은 손가락으로 콧방울을 긁적거린다. 그 눈이 쓸쓸히 웃고 있다.

"어떻게 갑자기 전교생 투표를 할 수 있게 됐는지, 궁금할 거다. 〈북 카페 테후테후〉의 단골이었던 학부모님들도 다양한 의견을 주셨다. 특히 전교생 투표에 관해서는 학부모님 한 분이 찾아오셔서 강력하게 주장하셨고. 학생들의 자주성을 믿고 과감하게 해 보는 게 어떻겠느냐고."

헤이하치 선생님은 강력하게 주장했다는 부분에서 진저리 치는 듯한 얼굴로 나를 흘끔 보았다.

뭐지!?

방금 그 시선은 무슨 의미야!?

학부모님 한 분이란 사람이 설마 우리 엄마는 아니겠지?

이틀 전의 종례 이후로 우리 반에도 변화가 있었다.

'별 이름표'를 다는 사람이 조금 줄어든 것이다.

다카하시 선배를 비롯한 3학년들에게 혼나고, 어른들이 나서자 냉정해졌는지도 모른다. 〈북 카페 테후테후〉에 자주 드나들었던 애들은 자신들이 카페 휴업에 원인을 제공했다는 것에 충격을 받은 듯했다.

참고로, 그 뒤로 나와 사에의 관계는 여전히 냉전 상태인 채…라기보다 서로 화해할 계기를 찾지 못하고 있다.

집에 갈 때도 따로 간다. 아무 일 없었던 것처럼 같이 가자고 한마디만 건네면 될 테지만 웬일인지 쉽사리 입이 떨어지지 않았다.

우리가 싸운 이유를 모르는 시미즈 유이토는,

"너 같은 멧돼지도 고민할 때가 다 있다니, 다시 봤다."

하고 감탄했다. 이 닌자 녀석은 변함없이 무례하다.

사에 대신이라니 마음이 무겁긴 하지만, 아무튼 쉬는 시간에는 이구로 기코와 함께 있을 때가 많아졌다. 그동안 상상도 못 했는데 뜻밖에 이야기가 잘 통했다. 또 좋아하는 애니메이션과 배우가 같다는 점도 마음의 거리를 좁히는 데 한몫했다. 이 애라면 좋은 친구가 될 수 있을 것 같다, 진심으로.

나도 이제 중학생이니 한번 친구가 영원한 친구가 되라는 법도 없다는 것쯤은 안다. 하지만 역시 사에 없는 내 생활은 허전하고 가슴이 저릿저릿 아프다.

그 후로 〈어린 왕자 동맹〉의 대화방에 Chaeyong의 시가 올라온 적은 한 번도 없다.

수업 시작을 알리는 종이 울렸다.

헤이하치 선생님은 서둘러 마무리했다.

"아무튼 모리중 역사상 처음이자 마지막이 될지도 모를 전교생 투표다. 연휴 동안 잘 생각하면서 투표에 대비하기 바란다."

그날, 나는 현관에서 엄마가 돌아오기를 기다리고 있다가 다짜고짜 물었다.

"엄마, 설마 며칠 전에 학교에 간 거 아니지?! 선생님한 테 뭔가를 강력하게 주장한 거 아니지?"

예전의 엄마라면 몰라도 지금은 그랬을 리 없다고 생각했다. 하지만 생각과 다르게 얼마나 신경이 쓰이던지 평소보다 훨씬 더 수업 내용이 머리에 들어오지 않았다.

내가 SGM이라는 '별 이름'을 쓴다는 걸 알고 난 뒤에도 엄마의 상태는 특별히 나빠지지 않았다. 하지만 나는 엄마의 속을 알 길이 없어서 불안하고 가슴이 조마조마했다.

신발을 아무렇게나 벗어 던지고 들어온 엄마는 복도에서 팬티스타킹도 벗었다. 다시 말해, 여느 때와 다름없는 엄마의 모습이었다.

엄마는 몹시 피곤한 얼굴로 나른한 듯이 나를 봤다.

"응? 갔어. 뭔가를 강력하게 주장했다는 말은 좀 그렇지만. 그래, 헤이 짱하고 담판을 지으러 갔지. 간 김에 교장 선생님도 만났고."

"뭐어!"

정말로 펄쩍 뛰어오를 뻔했다.

설마! 정말로 엄마였다니 믿기지 않았다.

더구나 담판을 지으러 갔다고? 와아, 미치겠다!

"언제, 무슨 이야기를 하러 간 거야!?"

"언제긴 저번에 마트에 반찬 사러 나갔을 때."

엄마는 선선히 대답했다. 설마 했는데 역시 그때였다.

내가 만화책을 노려보면서 불안에 떨고 있었을 때. 그래서 그렇게 시간이 많이 걸렸던 거다.

차가운 카페오레를 두 잔 타 들고 엄마는 출근복 차림 그대로 식탁 의자에 털썩 앉았다.

"진짜, 진짜로 엄마가 전교생 투표 건으로 선생님들이랑 직접 담판을 했다고?"

"그렇대도."

엄마는 카페오레를 홀짝거리면서 의기양양하게 가슴을 폈다. 그때 생각이 나는지 눈을 몇 번 깜빡이고는 히죽 웃었다.

"헤이 짱이 어찌나 쩔쩔매던지. 그 애, 옛날에는 참 얌전했어. 초등학교 때랑 중학교 때 나한테 꼼짝도 못 했거든."

헤이하치 선생님이 진저리를 치는 듯한 얼굴을 했던 이유를 이제야 알았다.

내 어깨가 저절로 축 늘어졌다.

"아 진짜, 왜 그랬어. 부모가 나서는 거 정말 꼴불견이라고. 끝까지 우리 학생들 힘으로 하고 싶었단 말이야."

"그야 당연하지. 하지만 나도 내 의견을 주장할 권리는 있어. 이구로 아빠에게 질 순 없잖아?"

웬 경쟁의식!

나는 엉겁결에 입술을 삐죽였다.

"그 권리라는 거, 부모라서?"

"아이에게 간섭하는 건 부모의 권리가 아니지. 그건 아니고 시민으로서의 권리. 나도 세금을 내니까."

"뭐?"

뜻밖에 무겁고 딱딱한 말이 이어졌다.

"모리중은 공립학교야. 그 말은 시에 납부하는 내 세금의 일부로 운영된다는 거지. 이구로네 아빠가 시민이면 나도 당연히 시민이야. 미래를 살아갈 아이들을 지역에서 어떤 식으로 키울 것인가에 대해서 말할 수 있는 권리가 나한테도 있는 거지. 어른이든 아이든 상관없이 서로 의견을 내고, 그걸 두고 같이 고민해서 결정하는 건 당연하잖아?"

엄마의 눈이 이상하리만치 반짝반짝 빛난다. 이렇게 생동감 있는 엄마를 보는 게 얼마만인지 모르겠다. 그러고 보니, 식탁 밑으로 들어가기 전에는 학교 행사에 곧잘 참석하곤 했다. 신기하게도 전교생 투표 건이 엄마에게 숨 쉴 구멍이 된 모양이었다.

엄마는 "그리고" 하고 말을 이었다.

"너한테 잘못하고 있다는 생각도 들고."

속삭이듯 작은 목소리였다. 나는 더는 듣고 싶지 않아서 황급히 고개를 저어 보였다.

"아스카 씨네 카페 문제도 그래. 입 다물고 있으면 안 되잖아. 아무 죄도 없는 〈테후테후〉가 학교 눈치 보면서 휴업하는 건 역시 말이 안 된다고 생각해. 난 아직 가 보지도 못

했는데."

"가 보고 싶어?"

"응. 네가 전에 〈테후테후〉 이야기해 줬잖아.《어린 왕자》도 빌려 왔고. 고맙다는 인사라도 하고 싶어. 아스카 씨하고 이야기도 해 보고 싶고. 앗, 만난 적도 없는 사람한테 아스카 씨, 아스카 씨, 래."

하고 엄마는 조금 쑥스러운 듯이 웃는다.

"그렇구나."

나는 헤실헤실 웃었다. 왠지 기뻤다.

엄마와 아스카 씨가 만난다면 어떤 이야기를 나눌까? 역시 이름에 대해 이야기할까?

회사 말고는 거의 바깥에 나가지 않는 엄마가 학교를 찾아가 부모가 아닌 시민으로서 의견을 말하고, 게다가 만나고 싶은 사람을 만나서 이야기하고 싶다고 말한다. 상태가 좋지 않을 때는 무력하게 식탁 밑으로 들어가 얌전히 틀어박혀 있는데.

아빠와 이혼한 뒤로 내가 알던 엄마는 점점 변해 갔다. 하지만 사카가미 유키노에서 도마쓰 유키노로 돌아갔다 해서 엄마가 결혼 전의 문학소녀 시절로 되돌아간 건 아닌 것 같다.

지금까지 살아오면서 걸어온 길이 고스란히 엄마를 이루는 성분이 되었다. 성분 표시는 그때그때 달라진다. 앞으로도 계속 바뀔 것이다. 이름도 아마 그 성분 중 하나이리라.

신기하게 나도 '만선기를 휘날리는 바다의 배처럼 눈에 띄는' 것이 예전만큼은 신경 쓰이지 않는다.

식탁 밑에 둥지를 틀고 있는 엄마를 보고 있으면 '보통의 삶'이 뭔지 알 수 없기 때문이다.

속으로는 골치 아픈 사람이라고 생각할 때도 많지만 역시 엄마는 내 엄마이고, 그런 엄마가 딱히 싫지는 않다.

나는 잠시 망설이다 입을 열었다.

"엄마."

내내 내 어깨를 묵직하게 짓누르던 입버릇이 있다. 입 밖으로 내기가 못 견디게 괴로울 때도 있었다. 하지만 이 말은 언제나 내 진심이었다. 아마 앞으로도 그럴 거다.

"엄마는 약하지 않아."

도마쓰 유키노라는 한 여성이 나를 바라보고 빠져들 정도로 예쁜 미소를 짓는다. 그 얼굴을 보고 퍼뜩 깨달았다.

그러고 보니, 언제부턴가 엄마는 자신을 '엄마'가 아닌 '나'라고 말하고 있었다.

모리중의 체육관 문은 묵직한 강철로 되어 있다.

여기에 많은 인원이 모인 건 입학식 이후 처음이다.

185

입학식 때는 1학년과 3학년뿐이었지만 지금은 2학년까지 와 있다. 전교생이 다 모여도 147명밖에 되지 않는 작은 중학교.

손바닥 크기로 자른 종이를 인원수에 맞춰 학급마다 나눠 주었다. 투표용지였다.

거기에는 짤막하게 투표에 대한 내용과 주의 사항이 적혀 있고, ○표를 할 수 있는 칸이 인쇄되어 있다.

체육관 무대 앞에는 책상 세 개가 놓여 있었다. 한 학년에 하나씩. 각각의 책상 위에는 연필과 지우개 그리고 투표

'님 호칭' 운동을 도입하고, 학교 지정 이외의
명찰 착용을 금지하는 것에 대한 투표

(주의) 1. 찬성하는 사람은 찬성란에, 반대하는
사람은 반대란에 ○표를 할 것.
2. 다른 사항은 쓰지 말 것.

	찬　성
	반　대

함 대신 빈 상자가 준비되어 있다.

1학년 줄에 서 있는 〈어린 왕자 동맹〉 멤버들은 모두 '별 이름표'를 당당히 달고 있었다.

닌자 99, HONDA CB400 슈퍼 포, 사나다 마사유키, 예스 배리어 프리, 라이너 에빙 슈톨츠훼르츠, 야마가미 나쓰오, 거기다 의미없는애. 그리고 나 SGM도.

나보다 앞줄에 서 있는 사에가 나를 돌아보았다. 시선이 정면으로 마주친 건 8일 만이다.

사에의 가슴에도 '별 이름표'가 달려 있었다.

이름표에는 사에가 옛날부터 좋아했던 색, 맑디맑은 하늘처럼 파란 잉크로 이채영이라고 쓰여 있다. '별 이름표'를 단 사에의 모습은 처음이다.

채영은 긴장한 탓인지 조금 굳은 얼굴로 나를 향해 손을 흔들었다. 가슴이 먹먹했다. 눈물이 나오려는 걸 꾹 참고 나도 손을 흔들어 주었다.

앞일은 알 수 없다.

내일은 또 다른 이름을 쓰고 싶어질지도 모른다.

하지만 지금 이 순간, 우리는 가슴을 활짝 펴고 있다.

'별 이름표'를 달고.

#그리고,
양배추밭에 내리는 별은

갑자기 불어 닥친 강한 바람에 나는 얼른 손으로 옆머리를 꽉 눌렀다.

흙 내음과 바다 내음이 뒤섞인 바람. 바다에서 불어와서 양배추밭을 지나온 밤바람 냄새다.

빠직빠직 소리 내면서 타오르던 모닥불이 갑자기 불어온 바람에 크게 흔들렸다. 모닥불을 둘러싸고 둥글게 앉은 1학년 1반과 2반 아이들이 환호성을 질렀다. 평소와 다른 사복 차림이 신선하다.

모리중의 연례행사인 신입생 환영 캠프파이어는 황금연휴 후에 있다.

해마다 학교에서는 오이카와 류세이네에게 수확이 끝난 양배추밭 한 귀퉁이를 빌린다. 여기서 캠프파이어를 마치고, 기다리고 있던 소방관들이 불을 끄는 것으로 1차 행사는 끝이 난다. 그리고 희망자에 한해서 밭 끄트머리에 있는 신사에서 담력 시험을 하는 것으로 이 행사는 완전히 끝난다. 신입생이 아니어도 지역 주민이라면 누구나 다 알고 있는 전통적인 봄 행사다.

작년까지와 다른 것은 캠프파이어를 둘러싸고 있는 아이들 옆에 따뜻한 차이와 커피우유를 실은 이동식 카페가 대기하고 있다는 점이었다.

"여러분, 음료는 다 받았나요?"

앞치마를 두른 아스카 씨가 손나팔을 만들어 크게 소리쳤다. 물론 가슴에는 최강의 북 디자이너 아스카라고 쓴 이름표가 달려 있다. 보온병을 들고 종이컵에 음료를 따라 주는 사람은 임시 점원인 후쿠모토 씨이다. 둘 다 얼굴에서 웃음이 떠나지 않는다.

나를 포함한 우리 반 애들 모두가 김이 나는 종이컵을 높이 들고 또 환호성을 질렀다.

내 오른쪽에 앉은 시미즈 유이토가 "흥!" 하고 콧방귀를 뀌었다.

"아스카 씨 좀 봐, 저 표정 말이야. 돈 벌 생각에, 아주 좋아 죽네 죽어."

여전히 성질도 입도 못됐다.

시미즈 유이토 옆에는 이구로 기코가 앉아 있다. 그 애도 녀석의 말에 동감한다는 듯이 고개를 끄덕인다.

선생님들까지 음료가 다 돌아간 것을 확인한 아스카 씨는 모닥불 주위에 둥그렇게 앉아 있는 우리들 틈에 털썩 앉았다. 손에는 내가 전에 빌렸던 《어린 왕자》가 들려 있다.

아스카 씨는 무릎에 책을 펼쳐 놓고 낭독하기 시작했다.

"'안녕하세요.' 어린 왕자가 신호수에게 인사했다. '안녕'. 신호수도 어린 왕자에게 인사했다. '아저씨, 여기서 뭐 해요?' '승객을 천 명씩 나누어 기차에 태우고 있지. 그리고 손님들이 탄 기차를 오른쪽에서 왼쪽으로 보내기도 한단다.' 환하게 불을 밝힌 특급열차가 천둥 치듯 요란한 소리를 울리면서 기차 관제실을 마구 흔들어 놓았다. '다들 무척 바빠 보여요. 저 사람들은 무엇을 찾으러 가나요?' '그건 저 열차를 운전하는 기관사도 모른단다.' 그러자 이번에는 반대 방향에서 또 환하게 불을 밝힌 특급열차가 천둥소리를 울리며 지나갔다…."

낭독을 시작하자 모닥불 주위는 놀라울 정도로 조용해졌다. 장작불 튀는 소리만 빠직빠직 울린다. 모두들 부드러우면서도 통통 튀는 아스카 씨의 목소리를 가만히 귀 기울여 듣고 있다.

왠지 모르게 그리운 불 냄새를 맡으면서 나는 하늘을 올려다보았다.

밤하늘이 정말 예쁘다.

깜빡깜빡 깜빡이는 별들이 당장이라도 노래를 부르면서 떨어져 내릴 것 같다.

마음속으로 하늘 가득 박힌 별들과 봄의 별자리를 헤아려 본다.

하얗게 빛나는 것은 처녀자리의 1등성인 스피카. 그 주위에는 처녀자리.

북쪽 하늘에는 작은곰자리와 북두칠성.

나는 공부하는 건 싫어하지만 별과 별자리 이름은 많이 알고 있다. 어릴 때부터 하늘에 대해 가르쳐 준 것은 천문에 관심이 많았던 아빠다. 아빠도 지금 아빠가 있는 곳에서 이 밤하늘을 보고 있을까. 내 생각을 하고 있을까.

투표 결과
'님 호칭' 운동을 도입하고,
학교 지정 이외의 명찰 착용을 금지하는 것에 대해
찬성 101표
반대 36표
무효 10표

전교생 투표 결과가 나오자 우리는 '별 이름표'를 뗐다.

뚜껑을 열어 보니, '님 호칭' 운동이 정말로 싫었던 사람도, '별 이름'을 꼭 쓰고 싶었던 사람도 생각보다는 적었다. 투표용지에 낙서를 해서 무효가 된 표도 있었다.

어이없지만 이것이 현실이었다.

우리 〈어린 왕자 동맹〉이 다 같이 도전했던 것, 이구로 기코가 '전쟁'이라고 했던 그것에서 우리는 진 것이다.

하지만 투표 결과보다 중요한 것은 우리가 스스로 선택했다는 점이다. 우리의 감정을, 생각을 소리 내어 외쳐 봤다는 사실이다.

선택할 기회조차 없이 어른이 멋대로 결정한 것에 따르는 것과는 전혀 다르다는 걸 우리는 안다.

〈어린 왕자 동맹〉의 대화방은 여전히 그대로 있다. 하지만 이제는 거의 글이 올라오지 않는다. 맹주 비오는 나타났을 때와 마찬가지로 정체불명인 채로 홀연히 사라졌다. 한때 그토록 열광했던 사실이 거짓말처럼 〈어린 왕자 동맹〉도, '별 이름'도 마치 존재하지 않았던 것처럼 우리의 학교생활에서 사라져 버렸다. 하지만 나는 알고 있다. 잊힌 듯하지만 대화방을 탈퇴한 멤버는 하나도 없다는 걸.

낭독이 끝났다. 다음 순서는 다 같이 노래 부르는 시간인 모양이다.

CD 플레이어 담당인 이구로 기코가 여전히 무표정한

얼굴로 준비하고 있는 선생님들 쪽으로 뛰어갔다.

그 모습을 무심히 눈으로 좇고 있자니 누군가 옆구리를 팔꿈치로 쿡 찌른다. 에잇, 하고 왼쪽을 돌아보았다.

사에가 장난기 어린 얼굴로 나를 보고 있다.

"고백할게 있어. 화장실 사건 후로 우리 둘이 말하지 않을 때 말이야, 네 옆에 이구로가 있는 거 보니까 불안하더라. 거긴 내 자리인데 싶어서."

쑥스럽게 왜 이래.

"에헤헤헤. 어서 와, 프렌드, 언제든 내 옆자리에 오는 거 환영해."

과장되게 두 팔을 벌리는 나를 보고 사에가 쿡쿡 웃었다.

나와 사에는 완전히 예전 관계를 회복했다. 집으로 갈 때도 대부분 우리 둘 그리고 시미즈 유이토까지 셋이서 함께 간다.

모닥불을 둘러싸고 앉은 아이들은 어느새 재잘재잘 떠들어 대고 있었다.

바로 지금이 기회일지도 모른다.

따귀 사건 후로 나는 열심히 인터넷 검색을 해 봤다. 사에가 헤이트 스피치라고 했던, 차마 입에 담지 못할 말도 보고 말았다. 게다가 나는 사에에게 꼭 하고 싶은 말이 있었다. 나는 잠시 머뭇거리다 사에의 귓가에 재빨리 말해 버렸다.

"사에. 난 진짜, 진짜 네 편이야. 언제나, 무슨 일이 있어도. 차별하고 혐오하는 자식이 있으면 나도 함께 싸울게. 그런 자식은 용서하지 않을 거야. 내가 지구 밖으로 뻥 차 버릴게. 그러니까 누가 뭐라 하든 상관하지 말고 그때그때 쓰고 싶은 이름을, 불리고 싶은 이름을 써."

"그럴게."

생긋 웃는 사에의 눈에 눈물이 그렁그렁했다.

"미온, 네가 있어서 든든해."

"이름 말해 줘서 고마워. 따귀는 맞았지만."

"그 일은 미안해. 미온, 내 얘기 들어 줘서 고마워. 생각해 줘서 고마워."

"이름 말인데, 지금은 어떤 걸 쓰고 싶어?"

"잘 모르겠어, 지금은 사에 쪽을 쓰려고. 어쩌면 채영이라고 쓰는 날이 올지도 모르지. 뿌리에 대해서도 그렇고, 나 자신에 대해서도 앞으로 많이 생각해 볼 거야. 정답이 있는 것도 아니고, 내 답은 나밖에 모르니까. 넌?"

응? 나!?

사에가 귀엽게 고개를 갸웃거린다. 지금 보니, 좀 깜찍하다. 사에에게 이렇게 귀엽고 사랑스러운 면이 있었던가? 10년을 붙어 다녔지만 나는 지금도 사에에 대해서 모르는 것이 많다.

"미온, 너도 나한테 말하지 않은 거 있지?"

웃으며 사에가 내 얼굴을 들여다보았다.

"말 안 해도 돼. 하지만 지치거나 힘들면 말해. 속상해서 미칠 것 같을 때, 화장실에서 따귀 한 대 정도는 때려도 되니까."

사에는 장난스럽게 말했지만 나는 깜짝 놀랐다.

사에에게 엄마 얘기는 하지 않았는데. 10년을 붙어 다녔기에 알 수 있는 일도 있는 건가.

함께 유치원에 다녔을 때처럼 사에가 내 손을 꼭 잡았다.

"미온, 꼭 밝은 소리가 아니어도 돼."

사에가 말했다.

"이런 일은 아무것도 아니다, 아무렇지도 않다, 그런 얼굴만 보여 주지 말고. 어쩌다 한번이라도 좋으니까 내 앞에서는 투정도 부리고 그래. 울어도 좋고. 나는 네가 그런 모습을 보여 주면 훨씬 더 기쁘겠어."

"그럴게."

나는 이미 비어 버린 종이컵을 들고 마시는 척했다.

조금 전까지 옆에 앉은 남자애와 이야기하던 시미즈 유이토가 우리를 곁눈질해 본다. 꼭 맞잡는 우리의 손을 흘끔거리며 나직이 중얼거렸다.

"또 비밀 얘기냐. 왠지, 나만 외톨이가 된 것 같네."

사에와 나는 얼굴을 마주 보고 웃음을 터뜨렸다.

모닥불을 끄고, 희망자들만 담력 시험장인 신사의 숲으

로 갔다. 두 반에서 3분의 2정도가 참가한 담력 시험. 물론, 나와 사에, 시미즈 유이토와 이구로 기코도 참가했다.

넷이서 나란히 천천히 걸었다. 전보다 말수가 조금 많아진 이구로 기코가 나직이 말했다.

"아, 그런데 맹주 비오는 누구였지?"

우리 넷은 서로서로 얼굴을 마주 보고 나서 일제히 고개를 갸웃거렸다.

시미즈 유이토가 말했다.

"혹시, 힌트 같은 거 없었나?"

글쎄.

결국 맹주, 혹은 비오라고 쓴 '별 이름표'는 아무도 보지 못했고, 대화방의 발자취도 뚝 끊겼다. 확실한 것은 〈북 카페 테후테후〉의 첫 손님이었으며 우리 반 학생이라는 사실이다.

'이대로 모리중 역사상 최대의 미스터리로 끝나려나…'

그런 생각을 하면서 막 신사 문을 통과했을 때다.

마치 신사의 수호신이 힌트라도 준 것처럼 어떤 한 문장이 머릿속을 스쳐 지나갔다.

최고의 이름은 여전히 숨겨져 있다.

언제였던가, 맹주 비오가 대화방에 남긴 뮤지컬 〈캣츠〉의 대사다.

"앗."

나는 엉겁결에 소리치고 말았다. 이구로 기코와 사에가 놀랐는지 걸음을 멈췄다.

맞아! 왜 지금껏 그 생각을 못 했을까.

"맹주 비오가 누군지 알 것 같아."

"뭐, 누구?"

사에가 놀라 물었다. 나는 흥분을 감추지 못하고 추리한 것을 들려주었다.

"생각해 봐, 우리 반에 딱 한 명 있었잖아! '별 이름표'를 달고도 정작 중요한 이름은 적지 않고 백지로 뒀던 애."

맞아, 그랬어.

그 애의 이름표. 그것이 만약 백지가 아니라 뒤집어서 단 것이라면?

사람들에게 보이지 않도록 뒤에 맹주 비오라고 쓰여 있었다면?

너는 누구냐?

넷이서 얼굴을 마주 보았다.

"알았다!"

가장 먼저 소리친 건 누구였을까.

내가 녀석의 이름을 크게 말하기 전에 티셔츠 소매가

닿을 정도로 가까이서 한 남자애가 지나갔다.

그 애는 스쳐 지나가면서 킥 하고 웃었다.

이제야 알았어?

속삭이는 소리를 들었다고 생각한 건 환청일까.

호리호리한 뒷모습은 너무나도 낯이 익었다.

입을 벌렸다 다물었다 하던 사에가 내 팔을 탁탁 때리면서 크게 소리쳤다.

"야마오 다다시!? 말도 안 돼."

"결국 야마오 다다시였어!"

"야마오 다다시. 돌고 돌아 야마오 다다시. 이상, 사에의 마음속 한 구절이었습니다!"

말하면서도 웃음이 멈추지 않았다. 우리는 눈물이 날 정도로 실컷 웃고 나서 어깨동무를 하고 야마오 다다시 이름을 몇 번이고 부르고는 다시 바보처럼 깔깔거리며 웃었다.

나는 사카가미였다가 지금은 도마쓰 미온, 곧 열네 살.

밝은 것이 장점인 중학교 2학년 여자애다.

가족은 엄마와 이혼하고 혼자 사는 아빠와 세이 쇼나곤이라는 이름을 가진 고양이 한 마리.

나는 변함없이 바다와 양배추밭이 있는 조시에서 한가

롭게 살고 있다. 간혹 〈북 카페 테후테후〉에 들러 삽화가 많은 책을 골라 읽는다. 요즘은 향이 진한 차이도 맛있게 느껴질 때가 있다.

'모리중 명찰 사건' 후에도 엄마는 여전히 식탁 밑에서 세이 쇼나곤을 끌어안고 지낸다.

하지만 조금씩이지만 식탁 밑에서 나오는 날이 늘었고, 저녁 준비도 나와 교대로 하고 있다. 어쩌면 앞으로도 엄마는 식탁 밑 생활을 완전히 졸업하지 못할지도 모른다. 하지만 그래도 괜찮다.

엄마는 엄마식으로 보통의 생활을 하면 된다. 어쩌면 나도 언젠가 식탁 밑에 숨고 싶은 날이 올지도 모르니까.

우리 반에서는 수업 시간에만 서로에게 '님'을 붙여 부른다. 하지만 도무지 익숙해지지 않는다.

학교는 언제나 평온하고 떠들썩하다. 지금은 1년 전의, 그 1학년 1학기 때와 같은 열정은 어디에도 없다. 다만 변한 것이 있다면 미술실 가까운 계단에 슬로프가 설치된 것 정도랄까. 집에서, 학교에서, SNS에서 이따금 풍파가 일어나지만 바다와 양배추밭에 둘러싸인 평범한 일상을 보내고 있다.

그럼에도 나는 늘 마음속으로 소리친다.

물론 필요하면 몇 번이고 소리 내어 목청껏 외칠 것이다.

나는 나라고, 다른 누구도 아니라고, 아무도 나를 지배할 수 없다고, 세상에서 가장 자유로운 사람이라고.

200

그리고 살아가면서 갈팡질팡할 때, 소리치는 법을 잊었을 때는 스스로에게 물어볼 것이다.

마이 네임 이즈―나의 이름은?

이 작품은 픽션이고 배경은 지바현 조시시입니다.

작품에 나오는 인물 단체 행사 들은 실제는 아니지만, 많은 분들이 들려준 실제 이야기를 바탕으로 썼고 그분들의 도움으로 책을 완성할 수 있었습니다. 그분들께 감사드립니다.

● 도움 주신 분들

伊勢崎代子 님

石橋伸一(이시바시 신이치) 님

小川正俊(오가와 마사토시) 님(조시시 관공상공과)

김화자(金和子) 님(재일코리안 청년연합〈KEY〉)

김붕앙(金朋央) 님(코리아 NGO센터)

김정희(金正姬) 님

하야시다 에쓰지(林田悅二) 님

● 도움 준 책

《재일 외국인 제3판―법의 벽, 마음의 골(在日外国人 第三版―法の壁, 心の溝)》岩波新書 2013.5.22, 다나카 히로시(田中宏) 著

《조선적이란 무엇인가―트랜스내셔널의 시점에서(朝鮮籍とは何か―トランスナショナルの視点から)》明石書店, 2021.2.1, 리리카(李里花) 編著

《어린 왕자》생텍쥐페리

《캣츠 포섬 아저씨의 실용 고양이 백과(キャッツ：ポッサムおじさんの実用猫百科》河出書房新社, T.S 엘리엇, 에드워드 고리 삽화

203

한국의 독자들에게

이 작품을 쓰는 데 도움을 주신 김붕앙 님이 2022년 2월 25일, 마흔일곱 살로 세상을 떠났습니다. 유족들께 마음 깊이 위로의 말씀을 드립니다.

정이 많아 늘 남을 돕고 살면서 많은 이들의 사랑을 받으며 짧지만 빛나는 '별'처럼 살다 가신 재일코리안 김붕앙 님. 그런 분이 일본에 존재했다는 것을 한국분들께 알리기 위해 짧게라도 그분의 이야기를 정리해 보았습니다.

김붕앙 님은 도야마현에서 태어난 재일코리안 3세이며 어머니는 한국에서 태어나고 자란 분이에요. 도쿄대학 공학부 대학원에서 응용화학을 전공했지만 대학 시절에 재일코리안 학생운동을 만난 것을 계기로 쭉 활동가의 길을 걸었습니다.

사할린에 남아 있는 한국인이나 종군위안부 들의 전후 보상 문제에 온 힘을 기울였습니다. 그리고 재일코리안 말고도 일본에 있는 다른 외국인들을 위한 활동에도 꾸준히 몸담아 오셨습니다.

특히 동일본대지진 이후, 김붕앙 님은 무료 전화 상담을 시작하셨어요. 일본어로 소통하기도 어렵고 체류 자격도 불안정한 외국인들을 돕고자 한 것입니다. 2021년 입원하기 직전까지도 김붕앙 님은 고통을 참으며 활동을 이어 나갔습니다. '도움을 원하는 사람이 있다'면서 말이지요.

제가 아는 김붕앙 님은 어딘지 소년 분위기를 풍기는 분이었고, 눈빛이 아주 따뜻했습니다. 인연이 길지 않은 저에게도 한국 음식점을 추천해 주시면서 살갑게 대해 주셨어요. 그러면서도 일본인인 내가 역사적인 배경을 무시하고 '한국 이름'에 대해 쓰지 않기를 바란다며 엄격하게 말씀하셨습니다.

김붕앙 님은 이 책이 한국에서 출판되는 것을 진심으로 기뻐하셨습니다. 그것이 김붕앙 님과 주고받은 마지막 연락이었습니다.

부디, 천국에서 붕앙 님이 이 책을 읽으셨으면 좋겠습니다. 온화하게 미소 띤 얼굴로.

이 책에서 그동안 잘 다루지 않았던 재일코리안 4세의 이야기, 그중에서도 10대 청소년의 고민과 정체성에 대한 이야기를 조금 들추어 보았습니다. 한국의 청소년 독자 여러분이 공감하고 상상력을 발휘하며 읽어 주시면 더없이 기쁘겠습니다. 저도 문학이라는 방법으로, 풍부하고 다양한 배경을 가진 그들의 앞날을 계속 응원하겠습니다.

애정을 담아서
구로카와 유코

양철북 청소년문학 6

#마이 네임

1판 1쇄   2023년 2월 17일

글쓴이   구로카와 유코
옮긴이   고향옥
펴낸이   조재은
편집   이혜숙
디자인   서옥
관리   조미래

펴낸곳   (주)양철북출판사
등록   2001년 11월 21일 제25100-2002-380호
주소   서울시 영등포구 양산로91 리드원센터 1303호
전화   02-335-6407
팩스   0505-335-6408
전자우편   tindrum@tindrum.co.kr
ISBN   978-89-6372-414-0 (03830)
값   13,000원